ANCIENNES MAISONS

RUE DU RENARD

A PARIS

Par GEORGES HARTMANN

Vice-Président de la Société Historique et Archéologique
du IVe Arrondissement de Paris

« LA CITÉ »

---

*Communication faite à la Commission du Vieux Paris et publiée
dans le Bulletin de La Cité*

PARIS

BONVALOT-JOUVE, ÉDITEUR

15, rue Racine, 15

—

1907

ANCIENNES MAISONS

RUE DU RENARD

ANCIENNES MAISONS

RUE DU RENARD

A PARIS

Par GEORGES HARTMANN

Vice-Président de la Société Historique et Archéologique
du IVe Arrondissement de Paris

« LA CITÉ »

---

*Communication faite à la Commission du Vieux Paris et publiée
dans le Bulletin de La Cité*

PARIS

BONVALOT-JOUVE, ÉDITEUR

15, rue Racine, 15

—

1907

COMMISSION DU VIEUX PARIS

Séance du 7 Juillet 1906

Communication de M. G. Hartmann
sur les anciennes maisons de la rue du Renard

M. Lucien Lambeau annonce que la 1re Sous-Commission a examiné avec le plus grand intérêt une communication envoyée par M. G. Hartmann, vice-président de la Société historique du 4e arrondissement, sur les expropriations de la rue du Renard. On sait que tous les immeubles de cette antique voie vont totalement disparaître pour l'exécution de l'emprunt départemental dernier. C'est de cette rue, maintenant condamnée, et de celle des maisons qui la bordent, que M. G. Hartmann a entrepris d'écrire l'histoire à l'aide des titres de propriété mis à sa disposition, complétés par de nombreux manuscrits et plans inédits trouvés aux Archives nationales et ailleurs.

Le travail qu'il soumet est d'une documentation sûre et précise qui fait le plus grand honneur à son auteur ; c'est une page des annales de notre cité qui mérite d'être mise en lumière et qui comblera une lacune de l'Histoire parisienne.

La 1re Sous-Commission en propose l'insertion au procès-verbal ainsi que la reproduction des plans qui l'accompagnent.

Adopté.

La Commission plénière remercie en outre M. G. Hartmann, et le félicite de l'intéressante étude qu'il a bien voulu lui faire parvenir.

Suit la teneur de cette communication :

Anciennes Maisons rue du Renard

Parmi les opérations urgentes comprises dans le programme des grands travaux de voirie que l'Administration de la ville de Paris doit entreprendre bientôt, il y a, dans le IVe arrondissement, l'élargissement de la rue du Renard avec modification de tracé.

Une affiche a annoncé aux intéressés :

« Rescindement des immeubles n° 60, rue de la Verrerie, n°s 24, 26 et 34, rue du Renard ».

Quand la démolition de ces immeubles suivra leur expropriation, il ne restera plus d'anciennes maisons et la vieille rue du Renard, celle qui commençait rue de la Verrerie pour finir rue Saint-Merry, aura disparu.

Les descriptions de rues de Paris depuis plus d'un siècle et ce d'après Jaillot (1782) indiquent :

« La rue du *Renard* s'appelait anciennement la *cour Robert de Paris* ; c'est ainsi qu'elle est désignée dans des lettres du Chapitre de Notre-Dame de 1185 trouvées dans les archives de l'église Saint-Merry, puis dans d'autres actes de 1271 et 1273. Sur un plan manuscrit de 1512 elle est écrite rue de *Cour Robert* autrement rue du *Regnard*. Corrozet, en 1568, la nomme rue du *Regnard-qui-prêche*. »

Nous avons recherché dans les archives les documents anciens qui citaient la cour Robert. Nous avons constaté, d'autre part, que Corrozet avait mentionné la rue du Renard qui *pesche*. C'est donc à tort que Jaillot et tous ceux qui l'ont copié portent qui *prêche*.

La *cour Robert de Paris* devait probablement son nom à la demeure en ce lieu de Robert de Paris qui vivait au XIIe siècle et dont le nom figure en 1175 dans une charte de Sully, évêque de Paris (1).

---

1. *Bulletin de la Société de l'Histoire de Paris*, année 1879, p. 144. Auguste Lougnon

La nomenclature des rues d'après *la Taille de 1292*, reproduite par A. Franklin, mentionne bien la *cour Robert de Paris* qui est également citée dans *Le dit des rues de Paris*, par Guillot en 1300 :

> Et une rue de renon
> Rue Neufve Saint-Merry a non
> Tantost trouvoi la *cour Robert*
> *de Paris* ; mes pas Saint Lambert.

La cour Robert de Paris ne jouissait pas d'une bonne réputation. Louis IX y avait autorisé la présence de « femmes folieuses ». Cependant elle était aussi habitée, à cette époque, par d'honnêtes bourgeois.

Les registres du Chapitre de Notre-Dame conservés à la Bibliothèque nationale (1) indiquent :

« Acquisition par achapt fait par Jean de Mériac, chanoine de Sainct Merry, de la quatrième partie d'une maison sise en la rue Neufve de Sainct Merry faisant le coing de la rue dite la *cour Robert de Paris*, laquelle Gervais Hardy a vendue en 1271. »

D'après le cartulaire et le censier de Saint-Merry conservés au Vatican et dont la copie a été publiée par la Société de l'Histoire de Paris (tome XVIII des *Mémoires*), nous remarquons :

En juin 1284, don d'une maison sise *rue de la Cour Robert de Paris* par Jean Méré à un chapelain qui doit en échange payer tous les ans 5o sous parisis à l'église de Paris pour l'anniversaire d'Ancel de Bussy et 3o sous parisis à l'église Saint-Merry pour des messes.

En l'an de grâce 1307, au mois de mars le censier de Saint-Merry mentionne les rentes et censives que les chanoines de Saint-Merry prélèvent en quatre termes « en le terre et en le seignerie de le ditte église » (p. 166).

« Sus le meison de feu Thomas le Chandelier, à pressent bénéficié à Nostre-Dame de Paris, qui feit le coing de la rue de *le Cort Robert de Paris* (p. 174). »

« :.. En le rue de *le Court Robert de Paris* dun cousté et d'autre, les maisons de Philippe Anquetin (Mouchelin) le mercier de le Courrerie, Gandofle d'Arcelés le lombart, messire Jehan Grésillon, Angi-

---

1. *Bibl. Nat.*, n° 5185 B du fonds latin.

bert le Teysserent, Jacque Brichart, Tibaut, le Chambellenc, Remi Bordo le jeune, Philippe Bonnetin, Bertaut de le Ale, Pierre de Moncuc (p. 208). »

«... Perrin d'Osserre orfèvre pour sa grant maison que feit le coing de la rue *Robert de Paris* acognant de le dite maison de le Richard le Talleur (p. 210). »

En 1313, la ville de Paris devant payer X L parisis « pour la chevallerie du roi Loys fils le roy Philippe le Bel » il y eut une « queullette de la barre S Marry tout autour le cloistre, rue Baillehauë, *la Court Robert de Paris,* etc. » (1).

D'un curieux arrêt du 24 janvier 1387, touchant les femmes de mauvaise vie de la rue Baillehoc près l'église Saint-Merry, nous extrayons ce passage :

Le prévost de Paris ayant commandé que les femmes de mauvaise vie « vuidassent les maisons de la rue Baillehoc », les seigneurs propriétaires de ces maisons font opposition et « Dient que l'église de Saint-Merry a intérêt que les bordiaux de la rue Baillehoc y demeurent pour les rentes qui en vallent mieux, et ce dit raison escripte que *in vivorum honestorum domibus soepe lupanaria exercentur* ; et Dieu mercy oncque mal ne fut fait en Baillehoc... « Dient que Saint Louis ordonna qu'il y eut bourdel en la *rue Robert de Paris* et de Baillehoc et par ainsi volt que près de la rue de la Verrerye eust telles femmes ; et maintenant n'en a plus aucunes en la *Court Robert de Paris,* par conséquent, il expédie qu'elles demourent en Baillehoc... Et, est expédient que le bordiau soit près de l'église ; car combien de telles femmes pêchent elles ne sont pas du tout damnées, et est expédient qu'elles voiient aucunes fois l'église, ce qu'elles font plustost quand elles sont près, que si elles estoient loin... » (2).

Les plaignants, paroissiens de Saint-Merry, n'obtinrent pas une prompte satisfaction, ce n'est que trente-huit ans plus tard qu'on leur accorda ce qu'ils demandaient : le départ des femmes de vie dissolue de la rue Baillehoc (rue Brisemiche). En avril 1425, Henri VI, roy de France et d'Angleterre, rend une longue ordonnance dont nous détachons ces parties :

<hr>

1. Félibien, t. V, p. 619
2. Félibien, t. IV, p. 539.

« ... En laquelle parroisse Saint-Merry soyent demourans, manans et habitans, plusieurs gens notables de divers estaz et conditions, lesquels viennent de plusieurs rues à l'adresse dicelle église et parroisse par un lieu que on dit Baillehoc... auquel lieu siéent sont et se tiennent continuellement femmes de vie dissolue... qui est chose très mal séant et non convenable à lonneur qui doit estre defférée à l'Eglise... Considérans aussi que nostre dicte ville a moult d'autres lieux et places adonnées à ce, et mesmement assez près dilec, comme au lieu que l'en dit *la Cour Robert* et ailleurs plus loing de l'église pour retraire les dictes femmes... » (1).

Ainsi on rejetait, en 1425, dans la cour Robert de Paris qui en avait été débarrassée en partie au xive siècle, les femmes de mauvaise vie.

Les registres du Châtelet renferment ce jugement rendu le 19 décembre 1412 :

« Du consentement de Mariette la Lombarde, fille de vie, demeurant à Paris, nous icelle lavons condamnée, envers Adam Boucard, de la somme de XXIIII livres parisis, à luye deuc d'années et termes passez, à cause de louage de certains bordeaux, assis à Paris, à la *Court Robert de Paris* ; à luy baillez et louez par le dit Adam, qui les tenoit à louage de Jehanne La Moisselette, à payer VI sols parisis par semaine, jusques à fin de payement, à commencer lundy prochain venant, et se elle défaut de quatre payemens, elle sera exécutée pour le tout (2). »

Peu à peu après, les habitants paisibles de cette rue firent partir ces « filles de vie ».

Plus tard, pour effacer le mauvais renom du lieu, ces honnêtes bourgeois durent demander le changement (comme l'ont fait récemment les habitants de la rue Bréda). On suppose qu'il y avait dans *la Cour Robert* une enseigne représentant un renard pêchant, ce qui donna l'idée de la nommer *rue du Regnard*. Ce changement se produisit au commencement du xvie siècle.

Le plan le plus ancien qui peut le mieux nous édifier à ce sujet est celui dont parle Jaillot en lui assignant la date de 1512. M. Bonnardot lui donne une date moins éloignée, 1550.

---

1. *Paris pendant la domination anglaise* — 1420-1436, — documents extraits par A. Longnon, p. 154.

2. M. Callet dans le Bulletin de *La Cité*, n° 19, p. 241 a reproduit ce jugement.

Plan manuscrit de la Censive du Chapitre de Saint-Merry en 1512

Ce plan manuscrit est celui de la Censive du Chapitre de Saint-Merry et ne porte pas de date ; il avait été déposé au Trésor en 1672, il est aux Archives nationales (N. 11).

Nous en avons fait une copie pour la partie de la rue du Renard. Le nombre des maisons qu'il comporte dans cette rue nous fait croire qu'il est d'une date plus rapprochée de celle indiquée par Jaillot que de celle supposée par M. Bonnardot.

Ce plan porte « rue de *Cour Robert* autrement rue *du Régnard* », entre la rue de la Verrerie et la rue Saint-Merry, avec dix maisons et trois tours à gauche, quatorze maisons et deux tours à droite.

En 1550, ces petites masures avaient été démolies pour faire place à des hôtels spacieux et par conséquent moins nombreux. A la population plus ou moins mal famée avaient succédé des gens de condition, la plupart conseillers et même présidents au Parlement de Paris. A cette date, le plan d'Olivier Truschet et Germain Hoyau ne porte pas d'inscription rue du Renard, mais dans la partie entre la rue de la Verrerie et la rue Saint-Merry, qui est tracée comme prolongement de la rue de la Poterie, ce plan porte six maisons à gauche, quatre maisons à droite. Ce qui indique les modifications profondes qui s'étaient produites dans cette rue au commencement du xvie siècle et que nous constaterons plus loin par l'examen d'anciens titres de propriété.

Le plan dit de Tapisserie (1512-1547) ne fait pas mention ni de la Cour Robert ni de la rue du Renard, cette partie de rue est indiquée comme suite de la rue de la Poterie. Il en est ainsi pour les autres plans du xvie siècle.

Nous avons dit que Corrozet avait signalé la rue du Renard qui *pesché* et non pas qui *prêche*, comme Jaillot lui a fait dire. Voici comment l'indication est portée dans *la Fleur des Antiquitez de Paris*, 1565 : « La rue du Regnard qui pesche. D'un bout à la rue de la Verrerie de lautre bout à la rue Neufve-Saint-Marry. »

Après 1550, les plans tels que ceux de François de Belleforest (1575), de François Quesnel (1609) et les documents de l'époque indiquent que la rue du Renard, courte et étroite, ne comptait que cinq demeures à gauche et quatre à droite. Cet état s'est conservé jusqu'à son jours.

— 7 —

Les anciens titres de propriété et autres manuscrits des Archives nous permettent d'établir la liste des propriétaires de ces neuf demeures de 1550 à 1650.

Côté gauche : à commencer du coin de la rue de la Verrerie :

1° Jacques Ricouard, seigneur de Saint-Georges (1625) ;

2° Michel Marescot, médecin (1604) ; Guillaume Marescot, conseiller du Roy (1634) ;

3° René Baillet, président au Parlement (1570) ; Nicolas Potier de Blancmesnil, président au Parlement (1635) ;

4° René Baillet, président au Parlement (1570) ; Nicolas Potier de Blancmesnil, président au Parlement (1635) ;

5° Coin de la rue Saint-Merry.

Côté droit : à commencer du coin de la rue de la Verrerie :

1° Pinon, notaire (1592) ; Simon Marion, avocat général (1605) ; son fils (1628) ;

2° Pinon, notaire (1592) ; Simon Marion, avocat général (1605) ; Antoine Arnauld, avocat (1619) ; Robert Arnauld d'Andilly ;

3° Jean Le Comte, conseiller d'Etat (1590) ; Claude Bonnot, contrôleur général des Finances (1595) ;

4° C. Mangot, avocat (1554) ; Claude Mangot, garde des Sceaux (1616). Coin de la rue Saint-Merry.

La mention de *Rue de Regnard* ne commence dans les plans imprimés qu'au milieu du XVII° siècle. — Jacques Gomboust (1654). — Bullet et Blondel (1670). Sur les plans de Jouvin de Rochefort (1672). — B. Jaillot (1713), — Jean de sa Caille (1714). Il y a la mention de rue du Renard, sans g. La Caille indique dans la description annexe du plan que la rue du Renard avait neuf maisons et cinq lanternes.

De 1650 à 1750, les titres de propriété et le Terrier du Roi (1) nous donnent les noms des propriétaires des neuf demeures.

Côté gauche, à partir du coin de la rue de la Verrerie :

1° Desnotz, notaire ; Verdun (1722) ; Jourdain (1750) ;

2° Les Juges-Consuls ;

3° Le président Lesseville ;

4° Les Blancmesnils et héritiers, les Marillacs, les La Trémoilles ;

---

1. *Archives nationales*, Q¹ 1099.

5° Lecaron, conseiller au Châtelet (1722) ; Garanger, procureur (1750). — Coin de la rue Saint-Merry.

Côté droit commençant rue de la Verrerie :

1° Veuve Gille Aubery (1654) ; marquis de Roussy (1657) ; marquise de Castilly (1729).

2° R. Arnaud d'Andilly (1652) ; Simon Arnauld, marquis de Pomponne (1699) ; son fils (1737).

3° Les héritiers de Bonnot (1652) ; Regnault de Villesavin (1661) ; Pinette de Charmoy, ses héritiers (1701) ; Lucas, seigneur de Main (1730) ; Vialis (1742).

4° Comte de Tonnay-Charente (1662) ; marquis de Blainville (1682) ; de Rochechouart, duc de Mortemart (1706). — Coin de la rue Saint-Merry.

Le plan de Turgot (1734-1739) indique très nettement ces maisons de la rue du Renard, surtout du côté droit qui est plus apparent et nous pouvons constater que, de ce côté, les maisons sont restées dans le même état jusqu'à nos jours. Seul, ce plan de Turgot porte l'arcade qui existait cependant depuis 1627 à l'entrée de la rue du Renard par la rue de la Verrerie (1). Nous en parlerons plus longuement lorsque nous examinerons plus particulièrement la maison n° 60 de la rue de la Verrerie.

D'après un plan manuscrit annexé à un arrêt du Conseil du 12 décembre 1752 (*Archives nationales*), la rue du Renard, au coin de la rue de la Verrerie, avait une largeur de 8 pieds 6 pouces, soit 2 m. 76 c., alors que la rue de la Verrerie au même endroit mesurait 19 pieds 7 pouces, soit 6 m. 46 c.

Le dernier Terrier du Roi, avant la Révolution, de 1784 à 1786, porte quatre numéros rue du Renard avec cinq maisons ayant leurs entrées rue de la Verrerie, rue Saint-Merry et au cloître Saint-Merry. Ce qui forme toujours neuf propriétés dont les superficies sont mentionnées en toises et pieds.

En commençant toujours par la rue de la Verrerie (côté gauche) :

1° M. de Rince, 17, rue de la Verrerie, coin

rue du Renard............................. 80 toises 21 pieds.

---

1. Arcade dont nous ne voyons aucune mention dans les ouvrages sur Paris.

° Les Juges-Consuls, rue du Cloître-Saint-
rry et rue du Renard...................... 226 —
° Gillard, après le président Lesseville..... 37 — 07 —
° Le duc de La Trémoille................ 93 — 13 —
5° M. Norblin, 20, rue Saint-Merry........ 30 — 24 —
Côté droit :
1° Comte de Crillon et rue de la Verrerie, 15. 155 —
2° Hôtel de Pomponne (Richard) et 13, rue de
   Verrerie.......................... 401 — 15 —
3° Mme Mathon...................... 143 — 15 —
4° Dubreuil, notaire et 21, rue Saint-Merry.. 153 — 18 —

La Révolution n'apporta aucun changement dans l'état de la rue
Renard.

En 1816, *La Tynna* (dictionnaire des rues) indique : rue du Renard,
x numéros à gauche, de 1 à 11, 5 numéros à droite de 2 à 10. Deux
ropriétés ayant des numéros doubles, le nombre des propriétaires
tait toujours 9.

Une ordonnance de Charles X, en date du 11 avril 1827, décidait
élargissement de la rue du Renard du côté gauche, numéros impairs.
Ce projet ne fut exécuté que sous Louis-Philippe.

Un plan qui fut soumis à l'Administration préfectorale, en 1834,
par M. Alexandre Delaborde, établissait le prolongement de la rue
de Rivoli, près de l'Hôtel-de-Ville, sous le nom de rue Louis-Philippe,
et faisait partir, de cette rue, une voie large en ligne droite jusqu'à
la rue Saint-Merry, voie qui remplaçait les rues de la Poterie et du
Renard. Et, partant du même point de la Rue de Rivoli, une autre
voie large, obliquant à gauche, aboutissait au chevet de l'église Saint-
Merry en le dégageant des maisons qui l'entourent. Puis, à partir de
l'église, l'élargissement en ligne droite des rues Brisemiche, Beaubourg et Transnonain, jusqu'au passage Meslay, boulevard Saint-
Martin, en face de la rue de Lancry et la place devant l'Ambigu.

C'est en raison de ce projet qu'une ordonnance royale du 6 mai 1836
portait la largeur de la rue du Renard à 10 mètres, sa longueur étant
alors de 126 mètres de la rue de la Verrerie à la rue Saint-Merry.

Les anciennes maisons du côté gauche, numéros impairs, furent
toutes démolies à cette époque. La rue du Cloître-Saint-Merry fut

percée jusqu'à la rue du Renard. On construisit des maisons au nouvel alignement, de 1836 à 1842.

Sous Napoléon III, l'administration préfectorale du baron Haussmann, dans son vaste plan d'ensemble de grandes voies nouvelles, reprit le projet d'une large rue partant de la place de l'Hôtel-de-Ville pour aboutir au boulevard Saint-Martin, mais le tracé nouveau supprimait les deux voies conçues par M. Delaborde et comportait une seule voie de 20 mètres de largeur, prenant en biais la rue du Renard pour aboutir plus loin à la rue Beaubourg, au coin de la rue Rambuteau.

Ce projet, établi par décret impérial du 29 juillet 1854, n'eut pas le moindre commencement d'exécution, sous le second Empire, du moins du côté de la place de l'Hôtel-de-Ville, car la voie nouvelle fut amorcée rue Turbigo.

Mais, sous ce régime, on apporta une modification à la rue du Renard ; on la prolongea. Par arrêté préfectoral du 2 avril 1868, les rues du Renard et de la Poterie se faisant suite furent réunies.

C'est ainsi que la maison portant le n° 60 de la rue de la Verrerie se trouvait avant au n° 2 de la rue du Renard et a maintenant les n°ˢ 24 et 26 sur cette dernière rue. Il en est de même de l'immeuble, 34, rue du Renard, qui portait, avant le 2 avril 1868, le n° 10 après avoir eu le n° 6.

Le projet d'élargissement de 1854 a été légèrement modifié, comme tracé, en 1873, et mis à exécution, il y a quelques années, dans l'ancienne rue de la Poterie jusqu'à la rue de la Verrerie.

Le rescindement des immeubles n° 60, rue de la Verrerie, 24 et 26 et 34, rue du Renard, est la continuation de l'œuvre.

*
* *

Nous avons vu que les anciennes maisons de la rue du Renard, du côté gauche, en allant de la rue de la Verrerie à la rue Saint-Merry, avaient été abattues, de 1836 à 1842, pour l'élargissement de la rue.

Ces maisons actuelles, du n° 15 au n° 29, sont sans intérêt. On peut signaler le groupe scolaire qui fut un des premiers à cette époque.

Ces maisons du temps de Louis-Philippe ont remplacé cinq vieux hôtels dont nous avons déjà parlé sommairement. Il y a lieu de les examiner un à un et d'en reconstituer l'origine à l'aide des documents que nous avons pu consulter : anciens titres de propriété et autres pièces manuscrites :

1° La maison d'angle de la rue de la Verrerie et de la rue du Renard avait son entrée principale sur cette dernière rue, avec porte cochère, bâtiment au fond et bâtiments d'ailes. Cet hôtel appartenait, en 1627, à Jacques Ricouard, seigneur de Saint-Georges, né le 1er mai 1573 et qui fut contrôleur général des guerres ; puis à sa veuve, née Catherine Lepautre. Vers la fin du XVIIe siècle, Desnotz, secrétaire du roi, l'occupait. En 1722, c'était une dame Verdun et, en 1750, M. Jourdain, notaire. De 1627 à 1752 cette maison se trouvait reliée à celle de l'autre coin de la rue du Renard par une arcade. Un plan manuscrit de 1752 lui donnait comme dimensions 7 toises 0 p. 8 pouces de façade, sur la rue de la Verrerie, et 11 toises 1 pied sur la rue du Renard. Un autre plan manuscrit de la censive de Saint-Merry, en 1786, indique M. de Rince comme propriétaire, l'immeuble ayant une superficie de 80 toises 21 pieds et portant le n° 17 de la rue de la Verrerie.

En 1790, c'était l'hôtel de Fernand-Louis-Philippe Fontaine, conseiller du roi, commissaire au Châtelet, qui fut mêlé à certains événements de la Révolution.

Cet immeuble appartenait, sous le Premier Empire, à Marie-Thérèse Jourdain, veuve de François-Joseph Racine, avocat au Parlement. Cette veuve décéda en 1813, laissant trois enfants héritiers au profit desquels il y eut vente de la propriété le 5 juillet 1813. L'acquéreur fut un commerçant, M. Onfroy, qui mourut en 1832. Ses héritiers furent expropriés par la ville de Paris.

2° A côté de cette première maison, il y eut pendant un certain temps, sur la rue de Renard, un mur clôturant un jardin qui se trouvait derrière l'hôtel Baillet dont l'entrée était sur le cloître Saint-Merry. Michel Marescot habitait un hôtel au milieu de ce jardin. Michel Marescot, né le 10 août 1539, d'abord professeur de philosophie, élu par l'Université recteur de l'Académie à vingt-six ans, fut ensuite docteur à la Faculté de médecine. « Il amassa de grands biens dans cette profession et s'acquit beaucoup d'honneur par son savoir. » (Moréli). Un des médecins de Henri IV, il avait assisté aux accouchements de Marie de Médicis (1). Il mourut le 20 octobre 1605, âgé de soixante-six ans, et fut inhumé à Saint-Merry. Son fils hérita de la propriété de la rue du Renard : Guillaume Marescot, né le 15 décembre 1567, avocat à dix-huit ans, fut emprisonné au Châtelet en 1589, étant du parti du roi pendant la Ligue ; Marie de Médicis en fit son avocat-général en 1604, puis, maître des requêtes, il passa ensuite quatorze années dans les ambassades. Il avait épousé Valentine Loysel, fille du célèbre avocat, il mourut le 9 août 1643.

Les juges-consuls, qui s'étaient installés dans l'hôtel de René Baillet, président au Parlement, le 15 novembre 1570, avaient acquis de Guillaume Marescot, en 1624, la jouissance d'une partie de sa propriété. Plus tard, ils achetèrent le tout et y firent des constructions pour agrandir leurs salles d'audiences.

Vers 1700, la petite porte de sortie des Consuls sur la rue du Renard portait le n° 13. Le plan manuscrit de 1786 mentionne que la juridiction consulaire occupait 226 toises de terrain, avec entrée principale de son hôtel rue du Cloître-Saint-Merry, n° 14.

La propriété des juges-consuls devint un bien national à la Révolution.

Le Tribunal de commerce continua à y siéger jusqu'en 1825, époque de son installation dans le palais de la Bourse.

Par une ordonnance de Charles X, en date du 11 avril 1827, le Préfet de la Seine fut autorisé à vendre aux enchères les bâtiments et terrains de l'ancien hôtel du Tribunal de commerce, sur une mise à prix de 206.033 fr. 23 c., montant de l'estimation, déduction faite du prix de l'emplacement nécessaire pour l'élargissement de la rue du Renard. Cependant les bâtiments furent loués à des particuliers, et ce n'est qu'en 1836 qu'ils furent démolis pour le percement de la rue du Cloître-Saint-Merry sur la rue du Renard.

3° A la suite de ces bâtiments et cours des Consuls, il existait sur la rue du Renard un petit hôtel qui, à une certaine époque, avait été détaché de la propriété voisine appartenant au président Potier. En

---

1. Les six couches de Marie de Médicis racontées par Louise Bourgeois, sa sage-femme. Publication Wilhem, 1875.

1700, cet hôtel appartenait au président Lesseville, puis il fut possédé par Billard de Saint-Aubin. En 1786, le propriétaire était M. Gillard ; l'immeuble avait une superficie de 37 toises 7 pieds.

4° L'hôtel le plus important de ce côté était celui de la famille Potier de Blancmesnil alliée à celle des Baillet. Cette propriété se présentait en façade sur la rue du Renard, avec une grande porte cochère entre deux bâtiments en ailes, reliés au bâtiment principal du fond. Elle comprenait, à l'origine, l'immeuble dont nous venons de parler et une sortie sur la rue Saint-Merry, ce qui lui donnait une superficie de 165 toises.

Le premier en nom des Potier dans cette propriété fut Nicolas Potier, seigneur de Blancmesnil, né à Paris en 1541, second président au Parlement. Il se distingua par sa conduite très digne et courageuse pendant la Ligue ; restant attaché au parti du roi, il fut arrêté plusieurs fois par les ligueurs, emprisonné à la Bastille, menacé d'être pendu, lorsque le duc de Mayenne le tira de prison. Il fut très dévoué à Henri IV. Marie de Médicis récompensa ses services en le nommant son chancelier. Il mourut le 1er juin 1635, âgé de 94 ans. Il avait épousé la fille de René Baillet, président au Parlement, dont l'hôtel était mitoyen et devint celui de la juridiction consulaire, ce qui donne à penser que la propriété de la rue du Renard provenait de la succession des Baillet. René Baillet possédait une certaine étendue de terrain autour du cloître Saint-Merry. Il ne céda que son hôtel principal aux juges consuls et garda d'autres parties d'immeubles.

Potier eut un fils qui se nommait aussi Nicolas, mais portait le titre de seigneur d'Ocquerre. Il était président en la Chambre des comptes et mourut, sept années avant son père, en 1628.

Ce fut donc le petit-fils qui hérita en 1635 de la propriété de la rue du Renard. René Potier, seigneur de Blancmesnil, conseiller au Parlement en 1646, était président en la première Chambre des requêtes quand, au moment de la Fronde, il fut arrêté rue du Renard par ordre du roi, ainsi que le président Broussel : « Le 26 août 1648, le roi fait arrêter Broussel... En même temps, on fut chez le président de Blancmesnil, dont une grande porte dans la rue du Renard et une autre moindre dans la rue Neuve-Saint-Merry furent saisies par les archers, et lui mis en carrosse, sans permettre qu'il dinât, et conduit au bois de Vincennes dans le château (1). »

René Potier de Blancmesnil, qui avait épousé Marie de Grimonville, mourut le 17 novembre 1680.

Il avait une fille, Jeanne Potier de Blancmesnil; elle épousa Michel de Marillac, seigneur d'Ollairville, conseiller au Parlement puis maître des requêtes en 1643, qui mourut conseiller d'Etat le 29 novembre 1684.

Comme la veuve de Michel de Marillac, fille de Potier, était morte quelques mois après son père, le 1er juillet 1681, ce fut son fils, René de Marillac, né le 18 février 1639, qui hérita de l'immeuble de la rue du Renard. Il avait épousé, en 1664, Marie Bochard, fille de François, seigneur de Sarron, conseiller d'Etat et intendant. Il fut lui-même conseiller d'Etat et mourut en février 1719, à l'âge de 80 ans.

Sa fille, Marie-Magdeleine de Marillac, mariée à René-Armand, marquis de La Fayette (2), mourut avant son père, le 13 septembre 1712, âgée de 42 ans, d'une longue apoplexie, dit Saint-Simon (3).

René-Armand de La Fayette, était fils de la femme d'esprit, auteur des romans, *Zaïde*, *La Princesse de Clèves* et autres, qui eut une longue et intime liaison avec le duc de La Rochefoucauld, l'auteur des *Maximes*. Mme de La Fayette, la mère, était l'amie de Mme de Sévigné, elles échangèrent toutes deux une longue correspondance.

Parlant du mariage d'Armand de La Fayette avec Mlle de Marillac, Mme de Sévigné écrivait à sa fille, en 1689 : « La nouvelle Mme de La Fayette, éveillée et fort jolie, était magnifiquement dans sa belle maison, la salle parée de fleurs de lys... de belles tapisseries... Enfin, il régnait un si bon air dans cette maison que Mme de La Fayette doit

---

1. *Journal* De Dubuisson-Aubenay, Guerres civiles de 1648 à 1652, tome 1er, p. 51.

2. Le marquis de La Fayette était né en 1659, il mourut le 12 août 1694. Il avait, par testament du 11 mai 1692, fait don de la terre de La Fayette à sa fille, qui, elle-même, en fit transmission, par son testament du 3 juillet 1717, à Jacques Roch de Motier, son cousin, qui devint ainsi le marquis de La Fayette. Ce dernier céda son titre à son frère Roch-Gilbert de Motier, père du célèbre général La Fayette, lequel se nommait Marie-Jean-Paul-Roch-Yves-Gilbert de Motier, puis marquis de La Fayette après le décès de son père, et était né en 1757.

3. Tome IX, p. 334. *Mémoires de Saint-Simon.*

être contente d'avoir mis son fils dans une si grande et honorable alliance (1).

Le marquis de La Fayette mourut dix-huit ans avant sa femme.

La fille unique du marquis et de la marquise de La Fayette, Marie-

Marie-Madeleine de La Fayette, duchesse de la Trémoille

Madeleine, épousa Charles-Louis Bretagne, duc de La Trémoille. Il fut premier gentilhomme de la Chambre du Roi et fort bien en cour. Un chansonnier du temps le plaisante en ces termes :

> ... Ajoutons *Trémoille*, d'Estrées,
> Fortes colonnes de l'Etat
> S'ils n'avaient pas la diarrhée
> Quand il faut aller au combat (2).

La petite vérole l'enleva, à l'âge de 37 ans, le 9 octobre 1719. La duchesse, sa femme, était riche, de grande naissance, fort jolie, mais

1. Tome IX, p. 328-375. *Lettres de Mme de Sévigné.*

2. Chansonnier historique du xviiie siècle ; *La Régence*, t. III, p. 76.

peu heureuse, dit Saint-Simon (1). Elle mourut à vingt-six ans, le 6 juillet
1717, deux années avant son grand-père et son mari, laissant un fils
mineur né le 14 janvier 1708.

Ce fut cet enfant, arrière petit-fils de René de Marillac, qui hérita de
lui et devint ainsi le propriétaire de l'hôtel de la rue du Renard. Il se
nommait Charles-René-Armand de La Trémoille, duc de Thouars,
prince de Tarente, fut pair de France, brigadier des armées du Roi en
1734. Il se signala dans de nombreux combats et mourut à Paris le
23 mai 1741. Il avait épousé, le 27 janvier 1725, Marie-Hortense-Vic-
toire de la Tour d'Auvergne, née le 27 janvier 1704, dont il eut Jean-
Bretagne-Charles-Godefroy, titré aussi duc de la Trémoille et duc de
Thouars, né le 5 février 1737.

Celui-ci hérita, en 1741, de la maison rue du Renard.

La famille de la Trémoille possédait alors un autre bel hôtel rue
Sainte-Avoye. — Il fut démoli sous Louis-Philippe pour le percement
de la rue de Rambuteau. — Cette famille était la plus généreuse de
la paroisse Saint-Merry. Un manuscrit de 1756, dont nous avons pu
avoir copie, relate les travaux de restauration entrepris dans l'église
à cette époque. Il fallut recourir à la bourse des fidèles pour payer
les frais, une quête eut lieu à domicile dans la paroisse et produisit
20.622 livres.

La part de la famille La Trémoille dans ces dons compte pour
4.000 livres.

Jean-Bretagne fut aussi pair de France, président des Etats de
Bretagne, etc., colonel de grenadiers, puis brigadier des armées du
Roi, nommé maréchal de camp en 1770. Il n'eut pas d'enfants d'un
premier mariage, il épousa, en secondes noces, le 24 juin 1763,
Marie-Maximilienne-Louise, princesse de Salm-Kyrbourg, née le
19 mai 1744 et eut quatre enfants.

Il mourut à Nice, le 15 mai 1792. Le partage de ses biens ne put
avoir lieu pendant la Révolution, ses quatre fils ne pouvant faire
valoir leurs droits, étant ou émigrés, ou mis en état d'arrestation
comme nobles suspects.

L'aîné, Charles-Bretagne-Marie-Joseph, prince de Tarente, puis

1. T. XIV, p. 84. *Mémoires de Saint-Simon.*

duc de La Trémoille, né le 24 mai 1764, épousa, le 20 juillet 1781, Louise-Emmanuel de Châtillon, née en juillet 1763, fille du duc de Châtillon et dernier rejeton de cette illustre maison.

Il fut fait colonel à vingt-trois ans, en 1787. Il émigra à la Révolution, fit la campagne de 1792 contre les armées républicaines et servit l'Autriche. A la Restauration, Louis XVIII en fit un lieutenant-général, pair de France. Il mourut à Paris le 9 novembre 1839.

Le second, Antoine-Philippe de La Trémoille, prince de Talmont, émigra aussi, servit avec beaucoup de bravoure, en Vendée, contre les armées républicaines. Mis en arrestation, fut guillotiné à Laval, en 1794. Il laissait une veuve et un enfant mineur.

Le troisième, Charles-Godefroy-Auguste, abbé de La Trémoille, fut également décapité, le 15 juin 1794.

Le quatrième et dernier, Louis-Stanislas Kostka, prince de La Trémoille, né le 12 juin 1767, devint général sous la Restauration et mourut en août 1837.

Comme les La Trémoille étaient les héritiers des Marillac, des Potier de Blancmesnil, des Baillet, cette propriété de la rue du Renard avait demeuré dans la famille pendant plus de deux siècles.

Le plan manuscrit de la censive de Saint-Merry, en 1786, indiquait la propriété des La Trémoille rue du Renard ayant une superficie de 93 toises 13 pieds, au lieu des 165 toises qu'elle comptait au siècle précédent. C'est qu'on avait détaché deux petites parties comptant dans les propriétés voisines. L'immeuble avait toujours une issue sur la rue Saint-Merry.

L'hôtel et ses dépendances occupaient l'emplacement des immeubles actuels, nᵒˢ 23, 25 et 27 de la rue du Renard. Le groupe scolaire a pris sa place en partie.

La maison des La Trémoille ayant été saisie comme bien d'émigrés et mise sous séquestre pendant la Révolution, portait alors le nᵒ 435 de la section de la Réunion. Les administrateurs de ces biens l'estimèrent au prix de 63.000 francs, en la louant 3.500 francs à un fabricant de chapeaux, le citoyen Coquelin. En l'an V, la Tourmente révolutionnaire s'étant apaisée, la veuve La Trémoille-Talmont, tutrice de son fils, obtint, par arrêté du 29 prairial, l'envoi en possession des biens de feu son mari émigré. A sa requête, la propriété fut mise en vente le 29 pluviôse an VII. Le locataire citoyen Coquelin s'en rendit acquéreur, mais ne put payer le prix ; sur folle enchère du 13 pluviôse an VIII, il y eut vente au sieur Legrand (1). L'immeuble, peu de temps après, fut acheté par un peaussier, M. Raoul, qui le vendit en 1811 à un M. Février, lequel le revendit en 1838 à M. Gille ; ce dernier céda 224 mètres, le 19 avril 1839, à la ville de Paris, pour la construction du groupe scolaire, et le reste à diverses personnes qui démolirent pour reconstruire au nouvel alignement, de 1840 à 1842.

5° En 1786, la petite maison voisine, qui portait le n° 1 de la rue du Renard et avait été détachée de la propriété La Trémoille, mesurait 30 toises 24 pieds, communiquait au n° 19, rue Saint-Merry et appartenait à M. Norblin.

Enfin, la dernière maison à gauche de la rue du Renard, angle de la rue Saint-Merry, avait appartenu, vers 1750, à M. Garanger, procureur, lequel occupait les étages et louait le rez-de-chaussée en boutiques. Il la tenait de M. Lecaron, conseiller au Châtelet en 1722. Elle appartenait, en 1786, à M. Norblin, propriétaire de la maison voisine et avait une petite superficie de 27 toises 6 pieds, elle portait le n° 20 sur la rue neuve Saint-Merry.

*
* *

Tels sont les renseignements que nous avons recueillis sur les maisons qui furent démolies, sous Louis-Philippe, pour l'élargissement de la rue du Renard.

Il nous reste à rechercher l'origine de propriété des quatre immeubles anciens existant de l'autre côté de cette rue, et qui vont, à leur tour, disparaître bientôt.

D'abord, l'immeuble du n° 60 rue de la Verrerie, angle de la rue du Renard, où il porte les n°s 24 et 26.

On voit, dans les plans les plus anciens, une maison au coin de la rue de la Verrerie, mais plus petite que celle existant actuellement. Dans le plan d'Olivier Truschet et Germain Hoyau, en 1550, cette maison apparaît nettement dans les proportions qu'elle a aujourd'hui, mais avec deux étages seulement au lieu de trois.

---

1. *Arch. de la Seine. Sommier à la Révolution.*

Comme nous avons eu l'occasion de le constater, les petites masures de la cour Robert disparurent dans la première moitié du XVIᵉ siècle et des hôtels de personnages s'élevèrent à leur place avec espaces en cours et jardins.

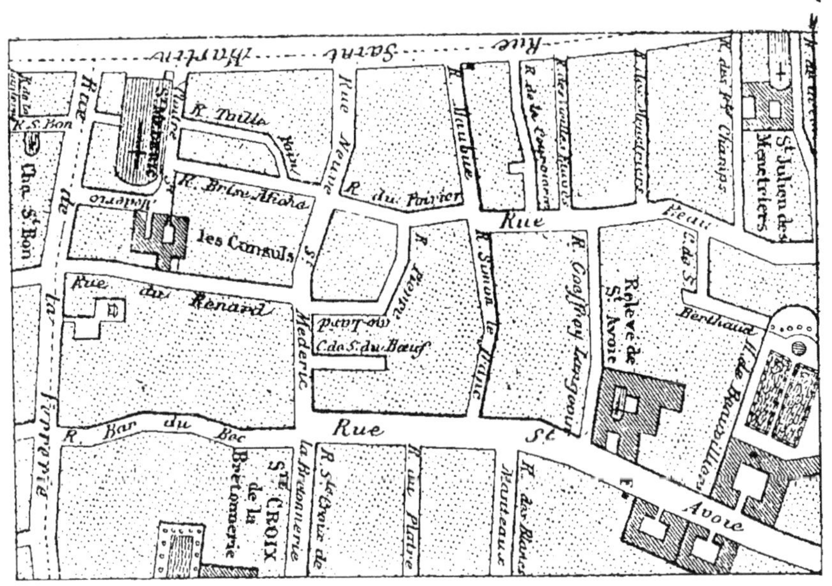

Plan de Deharme en 1763.

A cette époque, Nicolas Pinon, seigneur de Mancy, conseiller notaire, secrétaire du Roi, devint propriétaire d'une bonne partie des terrains de ce côté de la rue du Renard et y fit construire plusieurs bâtiments, dont un à l'angle de la rue de la Verrerie, et l'autre au fond d'un jardin donnant sur la rue du Renard, mais avec entrée rue de la Verrerie.

Nicolas Pinon eut deux enfants, une fille et un fils. Le fils, Jacques, fut conseiller au Parlement, mais se fit surtout connaître comme poète latin, il composa, en 1615, un recueil de vers qu'il dédia à Louis XIII. Il était l'ami et le collaborateur de Jean Bonnefons.

Catherine Pinon, l'aînée des enfants de Nicolas, épousa le grand avocat Simon Marion et hérita des propriétés rue du Renard et rue de la Verrerie.

Simon Marion, né en 1540, jouit d'une grande réputation et exerça, comme avocat, pendant trente-cinq ans. Catherine de Médicis en fit son avocat-général au Parlement. Fort estimé par le duc d'Alençon, frère du roi et par le roi lui-même, il fut chargé par Henri III de délicates négociations avec les délégués du roi d'Espagne et reçut. en janvier 1583, des lettres de noblesse qui le créaient baron de Druy. Marion rendit aussi des services à Henri IV qui l'en récompensa. Il fut président aux enquêtes, conseiller d'Etat. Ses plaidoyers étaient remarquables et furent publiés de 1594 à 1629. Il mourut le 15 février 1605 et fut inhumé en l'église Saint-Merry où il eut son épitaphe en vers.

Le cardinal du Perron, qui n'était pas prodigue de louanges, s'exprimait ainsi en faisant le panégyrique de Marion : « C'est le premier homme du Palais qui ait bien écrit et, depuis Cicéron, il n'y a pas eu d'avocat tel que lui. »

Simon Marion et Catherine Pinon son épouse avaient eu deux enfants, Simon Marion, baptisé le 2 janvier 1572, et Catherine Marion, baptisée le 13 janvier 1573.

Certain jour, en entendant plaider un jeune avocat. Marion fut si enchanté, qu'après l'audience il l'emmena chez lui et lui donna sa fille en mariage (Moréri). C'est ainsi qu'Antoine Arnault épousa, en 1585, Catherine Marion qui n'avait que 12 ans.

Au décès de Catherine Pinon, femme Marion, un contrat passé devant M. Desnotz, notaire à Paris, le 20 novembre 1595, établit les droits des Marion et des Arnault sur les propriétés de la rue de la Verrerie. De plus, par suite du décès de Simon Marion père, il y eut, à la date du 10 novembre 1605, un partage entre ses enfants : Simon Marion fils et Catherine Marion, assistée d'Antoine Arnault son époux.

La maison voisine, qui devint plus tard l'hôtel Pomponne dont nous parlerons plus loin, fut l'héritage des époux Antoine Arnault. Marion fils conserva la propriété dont nous nous occupons.

Simon Marion prit, comme son père, le titre de baron de Druy, fut conseiller au Parlement (1596), maître des requêtes (1604), président au Grand Conseil et contrôleur général des Finances.

Il profita de sa bonne situation à la Cour pour se faire donner par le Conseil du Roi le droit d'agrandir sa maison en construisant deux étages sur arcade, à travers la rue du Renard, entre les deux maisons d'angle de la rue de la Verrerie.

Nous avons pu retrouver aux archives la minute de l'arrêt du Conseil qui lui octroyait cette concession (1). Nous en extrayons ces passages :

24 juillet 1627... « Sur ce qui este remonstré au Roy par le sieur de Druy conseiller en son conseil et contrôleur de ses finances..., de sa maison en laquelle il est à présent demeurant sise rue de la Verrerie, en l'un des quartiers les plus serrés de bastiments qui sont en ceste ville de Paris... Au moyen de quoi il ne peut si aisément s'accroistre en lieu commode pour reserrer les registres et autres papiers concernant sa charge, sinon qu'il plaise à sa majesté luy faire don et permettre d'avancer en traverse entre sa dite maison et celle de Damoiselle Catherine Lepautre, veufve de feu Jacques Ricouard en son vivant sieur de Saint-Georges, un cabinet de deux estaiges un sur lautre en la longueur de quinze pieds sur une petite ruelle qui se trouve à l'encoignure de leurs deux maisons appelée la rue du Renard traversant de la rue de la Verrerye en la rue neufve Sᵗ Médéricq, laquelle contient neuf pieds de largeur. A la charge de laisser tout autant d'ouverture à la ditte ruelle qu'elle en a dès à présent et de bastir à ses despens une arcade qui aura son plain ceintre pour porter ledit cabinet, au dessoubs de laquelle pourront aussi facilement passer les gens de pied et gens de cheval... »

Cette arcade fut construite, mais Simon Marion ne put en jouir car il mourut quelques mois après la signature de l'arrêt, en 1628, âgé de 56 ans.

Il avait été marié par contrat du 22 mars 1601 à Madeleine de Montescot, fille de Claude, seigneur du Plessis. Il eut deux fils :

---

1. *Archives nationales*, E, 93. A, p. 317.

1° Robert Marion marié à Gabrielle de Pluvinel. Robert mourut jeune.

2° Pierre Marion marié à Peronnelle Abriot.

Par suite de licitation, la propriété fut mise en adjudication et achetée le 9 janvier 1654 par une parente du côté des Pinon : Marie Pinon, veuve de Gilles Aubery, conseiller du Roi, Maître ordinaire en sa Chambre des Comptes.

Gilles Aubery avait fait partie, en 1649, de la délégation du Parlement qui s'était rendue, avec le président Molé, auprès de la reine à Saint-Germain, pendant les troubles de la Fronde (1).

La famille Aubery était ancienne dans la paroisse Saint-Merry, elle avait sa chapelle à l'église depuis longtemps. Un de ses membres fut inhumé dans cette chapelle de Saint-Merry, où on lui éleva un monument en marbre sculpté par le Pautre (2).

La veuve de Gilles Aubery, par acte de Mᵉ Marc, notaire, le 6 mars 1657, fit donation de la propriété à sa fille Marie Aubery, épouse en premières noces de Jean Augran, conseiller à la Cour des aides, et en secondes noces de Charles, marquis de Roucy.

La marquise de Roucy avait eu de son premier mariage, une fille nommée Marie Augran, qui hérita de la propriété de la rue de la Verrerie au décès de sa mère.

Marie Augran devint marquise de Castilly, car elle épousa, par contrat du 23 février 1675, Philippe de Boran, chevalier de Castilly, seigneur et patron dudit lieu, de Mestry, d'Agy, de Ragny, de la Bretonnière, etc.

D'une ancienne noblesse originaire de Senlis — on comptait des Boran depuis 1163 — de Boran, né le 8 octobre 1642, eut une carrière brillante. Louis XIV le fit gentilhomme ordinaire de sa Chambre en 1671 et érigea en sa faveur (1683) la terre de Castilly en marquisat. Colonel garde-côte en basse-Normandie, il fit plusieurs campagnes sous les ordres de Condé et de Turenne et mourut à Paris le 7 août 1702. Il eut douze enfants.

La marquise de Castilly vendit la propriété de la rue de la Verrerie, le 17 mars 1729.

---

1. *Mémoires de Mathieu Molé*, t. II.
2. Piganiol, t. III, p. 457.

Cette propriété était restée près de deux siècles dans la même famille puisque la marquise de Castilly descendait des Pinon.

Le contrat passé par devant M⁰ des Loges, notaire, porte vente par Philippe Houdard, bourgeois de Paris, comme fondé de procuration de dame Marie Augran, veuve de messire de Boran, marquis de Castilly.

L'acheteur de 1729 fut un bon bourgeois de Paris, Pierre Braulard, marchand faïencier qui ne jouit pas longtemps de cette propriété car il mourut le 23 mai 1730. Ses enfants et ses héritiers se nommaient :

1° Jean-Pierre Braulard, prêtre bénéficier en l'église Saint-Merry qui fut plus tard aumônier de la Compagnie des Juges consuls, laquelle avait une chapelle dans l'hôtel de la Juridiction consulaire rue du Cloître-Saint-Merry (1). Il prit sa retraite en 1777.

2° Louis Braulard, faïencier ;

3° Jean-Jacques Braulard, marchand, bourgeois de Paris ;

4° Jean-Baptiste Braulard, bourgeois de Paris et dame Lepage, son épouse ;

5° Jacqueline-Madeleine Braulard, épouse de Louis-François Boucheron de la Vauveste, contrôleur des rentes de l'Hôtel-de-Ville.

Ils restèrent vingt-cinq ans dans l'indivision et ne décidèrent le partage entre eux, et la mise en vente de la maison, que le 14 août 1755.

La propriété de la rue de la Verrerie fut adjugée, par contrat de M⁰ Lasdeguise, notaire, au prix de 83.000 livres, à dame Marie-Elisabeth De Clèves. veuve de messire Pierre-Nolasque Couvay, chevalier de l'Ordre du Portugal, seigneur de Bernay.

La désignation porte : une grande maison à porte-cochère sur la rue de la Verrerie, donnant sur la rue du Renard, paroisse Saint-Merry, consistant en plusieurs corps de logis, ainsi que le cabinet au premier étage et celui du second étage sur arcade à travers la rue du Renard, en conséquence du don fait par Sa Majesté le Roi, par l'arrêt de son Conseil en juillet 1627 ; puis terrasse au-dessus du logis sur la rue du Renard, jardin avec arbres, tableaux et ornements dans la maison. Enfin, le droit à la chapelle appelée précentement la chapelle de

---

1. *La Juridiction consulaire par Denière*, p. 180, 1 vol., 1872.

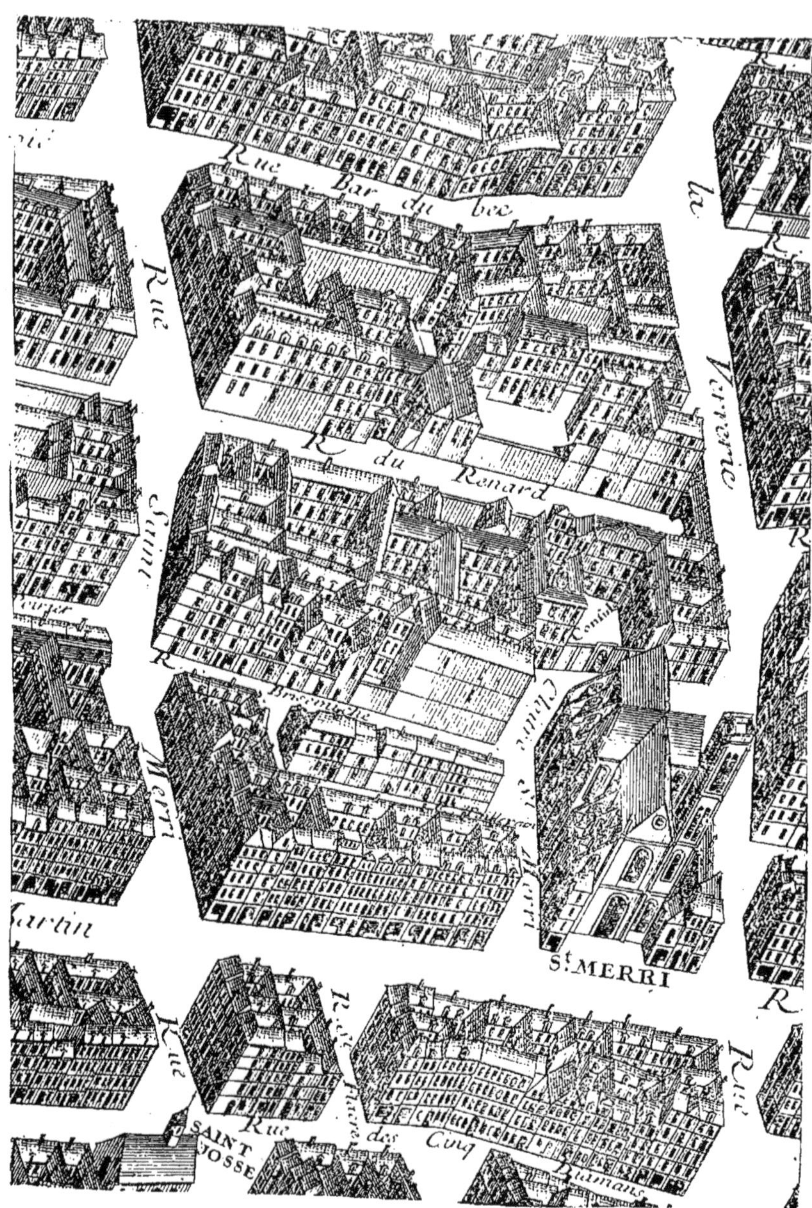

Plan dit de Turgot dessiné par L. Bretez 1734-1739.

Pompònne, en l'église paroissiale de Saint-Merry, vis-à-vis le grand autel du côté du midi.

Ladite maison tenant à celle de Pompounne et, à cause de l'arcade, à M. Jourdain, notaire de l'autre côté de la rue du Renard ; le tout en la censive du chapitre de Saint-Merry.

Ainsi l'arcade construite en 1627 existait encore en 1755. Elle était indiquée d'ailleurs dans le plan de Turgot (1734-1739).

Elle dut disparaître, peu après, au moment où l'on élargit la rue de la Verrerie, car elle ne figure pas dans le plan manuscrit de 1786.

Le plan manuscrit de 1752 (1) donnait à cet immeuble une façade, sur la rue de la Verrerie, de 11 toises, 3 pieds, 8 pouces sur 14 toises de profondeur dans le sens de la rue du Renard. D'autre part le Terrier du Roi, en 1786, accuse une superficie de 155 toises.

Au décès de la veuve Couvay de Bernay, par suite de legs universel résultant d'un acte passé chez M⁰ Leclerc, notaire à Paris, le 27 septembre 1756, la propriété échut à son petit-fils, François-Félix-Dorothée des Balbe-Berton, alors comte de Crillon, enfant mineur, fils de Françoise-Marie-Elisabeth Couvay, morte avant sa mère, le 8 mars 1755. Elle avait épousé, le 1ᵉʳ janvier 1742, un descendant de la famille du brave Crillon, compagnon d'armes de Henri IV, Louis Balbe-Berton, qui fut duc de Crillon-Mahon, lieutenant-général des armées du Roy. Il s'empara de l'île de Minorque, en 1782, comme capitaine-général des armées espagnoles et mourut à Madrid en 1796.

Ce dernier, par acte judiciaire du 3 mars 1769, demanda aux tribunaux, en sa qualité de tuteur, l'autorisation de vendre la maison de la rue de la Verrerie appartenant à son fils mineur et qui avait été estimée dans la succession de la veuve Couvay à la somme de 51.700 livres.

Cette autorisation fut accordée, au nom du marquis de Boulainvilliers, prévôt de Paris, mais la vente n'eut pas lieu.

Le jeune comte de Crillon François-Félix-Dorothée, né à Paris le 22 juillet 1748, était alors exempt des gardes du corps de Sa Majesté catholique. Il se maria en 1774, à Marie-Charlotte Cardon. Ayant pris part, avec son père, aux guerres en Espagne, commandé la bri-

---

1. *Archives nationales*, Mcl, IIIᵉ cl. n° 1002.

gade française à Gibraltar, il était Maréchal-de-Camp, lorsque la Révolution éclata. Député de la noblesse aux États-généraux, arrêté en 1793, il fut délivré après la chute de Robespierre et rentra dans la retraite. Il devint aussi duc à la mort de son père et lieutenant-général des armées du Roy, puis pair de France sous la Restauration. Il mourut le 27 janvier 1820.

Il était donc resté propriétaire de la maison de la rue de la Verre-rerie pendant 64 ans.

C'est pendant cette période que la maison fut restaurée avec la façade actuelle.

Le duc de Crillon laissait deux fils, en 1820 :

1° Marie-Gérard-Louis-Félix-Rodrigues des Balbe-Berton, duc de Crillon ;

2° Louis-Marie-Félix-Prosper des Balbe-Berton, marquis de Crillon, Ils héritèrent de la propriété et restèrent dans l'indivision pendant vingt-trois ans.

Pour faire cesser cet état, il y eut licitation entre les deux frères, le 1er avril 1843. Le duc resta seul propriétaire moyennant le paiement de 103.500 francs.

Les deux frères furent pairs de France. Le duc était Grand d'Espa-gne de première classe, général de brigade en retraite, grand-officier de la Légion d'honneur, quand il mourut dans son hôtel rue de Lille n° 121, le 22 avril 1870.

Par suite de son décès, l'intitulé d'inventaire du 9 mai 1870, accuse comme héritiers, sa fille d'abord, puis ses petits-enfants :

Ferdinand, marquis de Grammont, député à l'Assemblée natio-nale ;

Félix-Théodule, comte de Grammont ;

La comtesse de Lévis-Mirepoix.

Sa fille, seule garda la maison de la rue de la Verrerie, elle se nommait Viturmême-Louise de Balbe-Berton de Crillon ; elle avait épousé Victor-Antoine-Charles Riquet, duc de Caraman. Elle mourut à Paris le 8 octobre 1885.

Elle laissait de nombreux enfants qui sont ainsi nommés, comme héritiers, à l'inventaire dressé par Me Guérin, notaire, le 17 octo-bre 1885 :

Coin de la rue du Renard, no 24.   Maison rue de la Verrerie, no 60.

Victor-Charles-Emmanuel Riquet, duc de Caraman ;

Marie-Anne Riquet de Caraman, épouse de Malestrait de Brua de Momplaisir ;

Georges-Ernest-Maurice Riquet, comte de Caraman, conseiller général de Seine-et-Oise :

Marie-Rosalie de Caraman, épouse de Charles-Maurice Thomas, comte de Brange ;

Félix-Alphonse-Victor Riquet, comte de Caraman, étant mort le 18 juillet 1884, sa veuve, Marie-Pauline-Isabelle de Toustain, intervenait à la succession comme tutrice de ses enfants mineurs.

Pour faire cesser l'indivision existant entre eux, les héritiers de la duchesse de Caraman, née de Crillon, firent mettre en adjudication, aux criées de la Seine, le 21 juillet 1888, l'immeuble du n° 60 de la rue de la Verrerie, sur la mise à prix de 275.000 francs. Il fut adjugé moyennant le prix de 380.000 francs à la société J.-J. Laveissière et fils, qui en est encore propriétaire.

La famille Laveissière possédait depuis 1811 l'immeuble voisin et plus important, au n° 58 de la rue de la Verrerie, avec retour sur la rue du Renard.

La maison du n° 60 n'était plus habitée par ses propriétaires depuis longtemps. Le duc de Crillon avait loué une partie du rez-de-chaussée à bail le 14 mai 1855 à M. Tramin, négociant en huiles, dont les prédécesseurs étaient là depuis 1808 et dont le successeur occupe encore le rez-de-chaussée.

Cette propriété a 600 mètres de superficie, le tracé de 1854 pour l'élargissement de la rue du Renard devait lui enlever 340 mètres.

Le tracé de 1873, qu'on met maintenant à exécution, prend l'immeuble presque tout entier.

*
* *

La propriété qui faisait suite dans la rue du Renard, du côté droit, à celle que nous venons de décrire, était la plus grande du quartier, elle avait sa principale entrée par une grande porte-cochère sur la rue de la Verrerie.

Nous avons vu, précédemment, que Pinon, notaire au xvie siècle, puis son gendre Simon Marion, baron de Druy, possédèrent la maison voisine et celle dont nous nous occupons maintenant.

Antoine Arnault, autre célèbre avocat, né à Paris en 1560, avait épousé, en 1585, Catherine Marion, fille de Simon.

Aussitôt reçu avocat, Arnault se fit une réputation d'éloquence. Le roi Henri IV ayant assisté, avec le duc de Savoie, à une de ses plaidoiries, fut charmé et le nomma conseiller d'Etat. On connaît ses discours prononcés en 1594 pour l'Université contre les jésuites. Auteur de nombreux ouvrages, il jouissait d'une grande considération. Le roi lui offrit les places les plus importantes, entre autres le secrétariat d'Etat. Arnault refusa. Il mourut le 29 décembre 1619 et fut inhumé dans sa chapelle à l'église Saint-Merry. La longue épitaphe qu'on fit en son honneur est bien connue avec ce premier vers :

> Passant, du grand Arnauld révère la mémoire (1) ;

Il avait eu de sa femme, Catherine Marion, vingt-deux enfants dont dix moururent en bas âge.

Ce fut son fils aîné, Robert Arnauld, né à l'hôtel de la rue de la Verrerie, 1589, qui hérita de cette maison. « Le lundi 28e jour de mai 1589 fut baptisé en l'église Saint-Médéric, sur les dix heures du matin, le nommé Robert fils de noble homme Anthoine Arnauld, avocat au Parlement, et damoiselle Catherine Marion sa femme. Le parrain noble homme Robert du Moulinet conseiller et audiencier à la Chancellerie. La marraine damoiselle Catherine Pinon femme de noble homme Simon Marion avocat au Parlement » (2). Savant littérateur, auteur d'ouvrages fort estimés, Robert Arnauld jouit d'un grand crédit à la Cour. Il épousa, en 1613, la fille de Le Fèvre de la Boderie, ambassadeur en Angleterre et dans d'autres pays.

Robert Arnauld écrivit ses mémoires en 1667, il disait : « Ma mère

---

1. Depuis, c'est son fils Antoine, le Janséniste, qui, pour la postérité, devint le *Grand Arnauld*.

2. L'extrait de cet acte de baptême certifié par le curé de Saint-Médéric le 18 octobre 1617 est à la Bibliothèque de l'Arsenal, Ms 6034, f° 2.

Le parrain Robert du Moulinet était le beau-frère de Jacques Mangot, avocat, qui demeurait rue du Renard au coin de la rue Saint-Merry. La marraine, Catherine Pinon était la tante du nouveau-né.

eut en partage la terre d'Andilly et la maison de Paris (rue de la Verrerie) que mon fils de Pomponne a encore. »

A son mariage, son père lui donna cette terre d'Andilly (c'est ainsi qu'il prit le nom de Arnauld d'Andilly) et lui céda la maison de la rue de la Verrerie au prix de 81.000 francs (1). Il vendit la terre d'Andilly 50.000 écus et garda la maison de Paris.

De son côté, Mlle de La Boderie « fut assurée des terres de Pomponne et de la Briotte, biens de ses parents ».

Robert Arnauld d'Andilly perdit sa femme en 1637. Quelques années après, en 1644, il quitta Paris pour se retirer dans la solitude de Port-Royal, abbaye que son père avait contribué à rétablir, dont ses sœurs étaient religieuses, et que son frère Antoine, né le 6 février 1612, le vingtième enfant de Catherine Marion, a rendu si célèbre par son séjour et par le retentissement de ses polémiques, de ses luttes, comme théologien, philosophe, janséniste.

Robert d'Andilly mourut le 27 septembre 1674.

Dans son ouvrage *La Vérité sur les Arnauld*, M. Varin dit : « Lorsque Robert Arnauld depuis 1646, habitait Port-Royal des Champs, il conservait au sein de Paris, rue de la Verrerie, un hôtel à l'abri des surprises. » (2).

Mais, au lendemain du décès de sa femme, Robert Arnauld d'Andilly avait laissé la propriété de la rue de la Verrerie à son fils, Simon Arnauld, qui avait pris dès 1649, le nom d'Arnauld Pomponne, pour se distinguer des autres Arnauld. Ce titre de Pomponne venait de cette terre appartenant à sa mère et qui est située près de Lagny.

Un acte du 10 juin 1652 indique encore Arnauld d'Andilly comme propriétaire de l'hôtel rue de la Verrerie, mais l'occupant était son fils. Dans un autre acte du 14 décembre 1661, il est question d'un grand jardin faisant partie de la propriété de M. de Pomponne. C'est donc à cette époque, entre ces deux dates, que l'immeuble de la rue de la Verrerie, avec retour sur la rue du Renard, fut nommé *Hôtel de Pomponne*.

---

1. D'après un curieux mémoire du 23 décembre 1652, où Robert d'Andilly expose à ses enfants un état de ses biens et des obligations qu'il a contractées (Bibliothèque de l'Arsenal, Ms 6034, f⁰ 336).

2. La *Vérité sur les Arnauld*, par P.-J. Varin, 1847, 1er vol., p. 8.

Au sein de la Vertu Pompone prit naissance ;
Au dedans, au dehors necessaire a la France,
Quitta tout pour le Ciel, mais l'ordre de son Roy,
Rappella ce ministre a son premier Employ.

L'hôtel de la rue de la Verrerie avait dû recevoir jusqu'alors la visite d'un grand nombre de personnages, les Marion, les Arnauld, ayant été bien en Cour. La plupart des vingt-deux enfants d'Antoine Arnauld naquirent dans cette maison.

Simon Arnauld de Pomponne, né en 1618, se maria en 1660 avec Catherine Ladvocat.

On connaît la carrière brillante d'Arnauld de Pomponne qui, conseiller d'Etat, puis ambassadeur, sous-secrétaire d'Etat pour les Affaires étrangères, fut fait marquis. Disgracié en 1679, alors que Colbert était tout-puissant, il fut rappelé aux affaires par Louis XIV, à la mort de Louvois, en 1691, et reprit sa place dans le Conseil du Roi. Il tenait de son père et de ses oncles le goût des lettres.

Saint-Simon et Mme de Sévigné, l'un dans ses mémoires, l'autre dans ses lettres, parlent souvent et en bien de M. de Pomponne.

Mme de Sévigné venait le voir fréquemment soit à Paris, soit à Pomponne. Elle faisait aussi visite à son père, qu'elle nommait le bonhomme Arnauld. Dans une de ses lettres elle raconte que Louis XIV voulut voir *le bonhomme* quand son fils fut nommé ministre des Affaires étrangères : « Le Roi l'entretint longtemps, le fit promener en calèche dans ses jardins et lui fit un accueil fort aimable. » Mme de Sévigné avait de l'affection pour M. de Pomponne, elle correspondait beaucoup avec lui, surtout pendant sa disgrâce. Ainsi en 1664, elle lui écrivait : « Je vous assure que j'ai une estime pour vous infiniment au-dessus des paroles dont on se sert ordinairement pour expliquer ce que l'on pense. »

Il est certain que Mme de Sévigné vint souvent dans l'hôtel de la rue de la Verrerie, mais, dans les derniers temps de sa correspondance, quand elle parle de l'hôtel de M. de Pomponne, c'est d'un autre hôtel que celui de la rue de la Verrerie dont il s'agit. Dans une lettre du 5 janvier 1680, elle écrit, en parlant de M. de Pomponne : « Son hôtel de Paris a failli brûler, une chambre, avec ce qui était dedans, a été brûlée tout entière ; et le miracle, c'est qu'il y avait dans cette chambre de la poudre qui ne prit point, et qui vraisemblablement devait faire sauter la maison. »

Etait-ce l'hôtel de la rue de la Verrerie ? Une note, en renvoi dans un tome de ses lettres, indique la place des Victoires. C'est que

Simon Arnauld, devenu ministre, fait marquis de Pomponne, dut posséder un autre hôtel plus somptueux, plus en rapport avec sa haute position et situé dans un quartier nouveau, à la mode alors, celui de la place des Victoires (1).

Saint-Simon, d'ordinaire si peu enclin à la louange, donne ce portrait de M. de Pomponne : « C'était un homme qui excellait surtout par un sens droit, juste, exquis... Et avec cela une fermeté quand il fallait soutenir les intérêts de l'Etat... Il se fit aimer de la cour, où il mena une vie égale, unie, et toujours éloignée du luxe et de l'épargne à l'excès. Ne connaissant de délassement de son grand travail qu'avec sa famille, ses amis et ses livres. »

Simon Arnauld de Pomponne mourut le 26 septembre 1699 et fut inhumé dans sa chapelle à l'église Saint-Merry. On lui éleva un monument en marbre, de grande apparence, par Barthélémy Rastrelli, avec une longue inscription latine relatée par Piganiol (2).

Le marquis de Pomponne n'avait pas de fortune. Le train qu'il était obligé de mener, étant ministre, absorbait les profits de sa charge. A son décès sa veuve obtint du roi une pension de 12.000 livres, « que l'exiguïté de sa fortune lui rendait nécessaire ». (Dangeau). Elle habita l'hôtel de la rue de la Verrerie jusqu'à son décès en 1711 le 31 décembre. Elle fut enterrée à côté d'Arnauld de Pomponne, dans le caveau de la famille, en l'église Saint-Merry.

Saint-Simon ne fit pas d'elle un portrait bien flatteur : « Mme de Pomponne vient de mourir, dit-il. C'était une femme pieuse, retirée, qui aimait ses écus et qui n'avait jamais fait grande figure dans les ambassades ni pendant le ministère de son mari, quoique dans une grande union ensemble » (3).

Dans un acte du 8 mai 1701 et dans le Terrier du Roy, vers 1728, c'est toujours M. de Pomponne qui est nommé comme propriétaire de l'immeuble portant à ce Terrier les numéros 106 et 107 rue de la

---

1. L'hôtel de Pomponne, rue de la Verrerie, n'est pas mentionné dans les descriptions de Paris du xviiie siècle comme hôtel important. Piganiol de La Force et d'autres auteurs indiquent l'hôtel Pomponne à la place des Victoires. Ce dernier hôtel avait appartenu au maréchal de France François de l'Hôpital du Hallier, mort en 1660.

2. Tome III, page 456.

3. *Mémoires de Saint-Simon*, t. VIII, p. 180.

Verrerie. Au 106 il y a maison avec boutique ; au 107, grande porte cochère, cour et hôtel dans le fond, jardin sur la rue du Renard.

C'est que, le ministre de Pomponne étant mort en 1699, son fils aîné, Nicolas-Simon Arnauld, né en 1663, devint le propriétaire. Habitait-il encore l'hôtel de la rue de la Verrerie à cette époque ? En tout cas il louait une partie de l'immeuble, en dehors de l'hôtel, pour un bureau de carrosses à destination de l'Allemagne par Strasbourg et la région de l'Est. (*Almanach royal de 1703*.)

A cette époque les plans de Bernard Jaillot (1713), de Jean La Grive (1728), portent l'emplacement de l'hôtel de Pomponne sans indication de nom.

Le fils Simon de Pomponne hérita aussi de l'autre hôtel de Pomponne, place des Victoires, qu'il vendit en 1714. Il n'avait pas les raisons de son père pour posséder à la fois deux hôtels, l'un de vie privée, l'autre d'apparat (1). Il menait une existence simple. Il fut cependant brigadier des armées du roi, mais ne brilla pas dans cette fonction. Il mourut à Paris le 7 avril 1737. Son testament porte le vœu d'être inhumé en l'église Saint-Merry, près de ses parents, et indique qu'à cette date il habitait un autre hôtel de Pomponne rue de l'Université.

Saint-Simon le dépeignait ainsi : « Epais, extraordinaire, avare, obscur, quitta le service, devint apoplectique, et fut toute sa vie compté pour rien, jusque dans sa famille (2). »

Il ne laissait qu'une fille, Catherine-Constance-Emilie, qui avait épousé, le 26 juin 1715, Jean-Joachim Rouault, marquis de Gamache et de Cayeu. Elle hérita de la maison de la rue de la Verrerie. Elle mourut à Paris, le 18 mars 1745, et fut inhumée en l'église Saint-Merry, dans le caveau des Pomponne (3).

Son héritière fut sa fille Constance-Simone-Flore-Gabrielle, dite

---

1. Cet hôtel de la place des Victoires devint plus tard l'hôtel Massiac, où la banque de France s'établit en 1800, avant son installation rue de la Vrillière.

2. *Mémoires de Saint-Simon*,, tome II, p. 250

3. Sa mère, la marquise de Pomponne, par son testament déposé le 4 juillet 1766, chez M⁰ Delamanche notaire, disait : « Je désire être en terre à Saint-Merry dans la sépulture de MM. de Pomponne. » Elle donnait 150 livres aux pauvres de Saint-Merry. (*Archives Nationales*, papiers de la famille de Pomponne.)

Mlle Cayeu, née le 22 mars 1725, qui épousa, le 22 mars 1746, Charles-Yves vicomte de Rumain, brigadier des armées, puis maréchal de camp en 1748.

Les époux Joachim de Gamache eurent une fille, née le 15 juin 1722 ; elle épousa le marquis de Marinos le 16 mai 1743. Le mariage eut lieu dans la chapelle de l'hôtel de Pomponne. Elle mourut trois ans après, en 1747.

Les époux du Rumain vendirent la propriété de la rue de la Verrerie en 1770. Constance Simone, femme du Rumain, descendant des Pomponne, des Arnauld, des Marion, la propriété était restée dans la famille pendant près de deux siècles.

La vente eut lieu par contrat de M. Fourcault de Favan, notaire, en date du 2 mars 1770. L'acheteur était M. Charles-Pierre Doyen, de Mondeville, qui ne conserva cette propriété que six années. Il la revendit par contrat de Me Trudon de Roisy, notaire, le 29 février 1776, à François Richard.

A cette époque, diverses parties de l'hôtel de Pomponne étaient louées, les locataires exploitant certaines industries indiquaient leur adresse à cet hôtel (1).

Le bureau de carrosses pour Meaux, autres localités de l'Est et l'Allemagne y existait toujours. Un M. de Palunoy en était le directeur vers 1760. Il y avait dans le même bâtiment un établissement de bains en 1763 (Plan Deharme).

Aux archives de la Seine (2), il y a un curieux avis : « Le sieur Blanchard a l'honneur de prévenir qu'il ouvrira ses assemblées bourgeoises le vendredi 20 octobre 1786, rue de la Verrerie, hôtel Pomponne. » On voit aussi une facture du 7 avril 1788 portant en tête : « Hôtel Pomponne, rue de la Verrerie, Paris. Manufacture royale des sieurs Tugot et Dauny, pour le doublé et plaqué d'or et d'argent sur tous les métaux. — Patoulet et Lebeau représentants. »

D'après le plan manuscrit de la censive de Saint-Merry, en 1786,

---

1. Il y avait à cette époque un autre hôtel de Pomponne rue Neuve-Saint-Augustin, maison qui existe encore et porte les n°s 3 et 5 rue Saint-Augustin. Ce dernier hôtel avait appartenu à d'autres Pomponne que ceux qui nous intéressent.

2. *Recueil de publications anciennes*, t. II, p. 38.

la propriété avait 415 toises 15 pieds ; elle portait le n⁰ 15 de la rue de la Verrerie.

François Richard, l'acheteur de 1776, mourut en 1805, laissant quatre nièces héritières. — Par suite, il y eut vente aux Criées de la Seine, le 28 messidor an XIII, « de l'hôtel de Pomponne et ses dépendances, sis rue de la Verrerie n⁰ 105 ». L'immeuble fut adjugé à Adélaïde-Marie Doyen. Etait-ce une parente du précédent propriétaire, Doyen de Mondeville ?

Par suite de surenchère, il y eut une nouvelle adjudication le vendredi 14 août 1807, sur la mise à prix de 60.000 francs, Mlle Doyen surenchérit, par l'intermédiaire de Me Cazin, avoué, et fut déclarée définitivement adjudicataire moyennant le prix de 100.850 francs. Elle loua l'immeuble à bail au sieur Gabriel Lecreux négociant.

L'hôtel de Pomponne avec ses dépendances, le tout d'une contenance de 1.642 mètres, situé rue de la Verrerie, n⁰ 58, fut de nouveau mis en adjudication le 7 décembre 1811. Il y eut acquéreur moyennant le prix de 89.050 francs, ce fut M. Jean-Joseph Laveissière, marchand de métaux, demeurant à Paris, rue Saint-Martin, n⁰ 223.

A son décès du 8 avril 1824, la propriété échut à ses héritiers, sa veuve et ses deux fils,

La famille Laveissière posséda cet immeuble pendant quatre-vingt-dix ans.

M. Guillaume Laveissière, fils de Jean-Joseph, devint la principale notabilité du quartier Saint-Merry et fut, pendant un certain temps, sous Louis-Philippe, colonel de la 7e légion de la Garde nationale. Ses fils développèrent sa maison de commerce qui devint le centre d'opérations des plus importantes sur les métaux. M. et Mme Jules Laveissière firent beaucoup de bien autour d'eux.

M. Emile Laveissière donna son concours comme adjoint au maire du IVe arr^t de 1865 à 1870.

En 1900, le 17 février, il se constitua une société immobilière dite de l'Hôtel Pomponne, pour l'exploitation de la propriété ; l'immeuble fut apporté, dans cette société, pour 1.050.000 francs. Il y eut cession d'une partie des terrains à la société formée par le Syndicat de l'épicerie qui y construisit son hôtel. Il ne reste plus rien de l'ancien bâtiment principal.

En 1811, la propriété était d'une contenance de 1.642 mètres. Vers 1838, il y eut un retranchement pour l'élargissement de la rue du Renard, ce qui réduisit la superficie à 1529 mètres. Par suite d'un nouvel alignement rue de la Verrerie en 1862, la contenance fut réduite à 1.423 mètres.

Lorsque la ville de Paris prit du terrain de l'hôtel Pomponne sur la rue du Renard, vers 1838, elle établit le long du nouveau mur de cet hôtel un réservoir d'eau qui servit pendant un certain temps à alimenter les tonneaux de porteurs d'eau. Ce réservoir disparut avec les porteurs d'eau, quand les habitants de Paris purent avoir des canalisations leur amenant l'eau à domicile. Il reste toujours un petit bureau, propriété de la ville de Paris, portant le n° 28 de la rue du Renard.

*
* *

Nous passons maintenant à la maison du n° 34 rue du Renard.

Il existe pour elle une série de titres intéressants se suivant de l'année 1595 à nos jours.

Cette maison appartenait, dans la seconde moitié du XVIᵉ siècle, à Jean Le Comte, seigneur de Voisinlieu, conseiller d'Etat, et à dame Marie Bourdelot, son épouse.

Par suite de leur décès, il y eut partage de leurs biens entre leurs enfants, d'après un acte du 2 novembre 1595 passé par-devant les notaires Choiseau et Corrozet. Un procès-verbal de Mᵉ Jehan de Brion, procureur au Châtelet de Paris, demeurant rue Quincampoix, paroisse Saint-Médéric, indique la vente de :

« Une grande maison avec plusieurs corps d'hôtel, cour, puis, jardin et ayant issue rue du Regnard, paroisse Saint-Médéric... tenant à Madame la présidente de Morsan et du côté de la rue Saint-Médéric, à Mˡˡᵉ Mangot. »

Cette vente ayant lieu à la requête des héritiers du sieur Le Comte, seigneur de Voisinlieu :

« Ont comparu personnellement nobles seigneurs :

« 1° Jehan Deschamps, seigneur de Marcilly, tant en son nom que comme tuteur curateur de ses enfants mineurs (dont l'un en 1622 épouse Marie Fouré de Dampierre) ;

« 2° Jacques, Louis de Marle, seigneur de Coucy-les-Eppes, vicomte d'Arcy-le-Ponsart, tant en son nom que comme se portant fort de dame Anne Le Comte sa femme. Il l'avait épousée le 5 février 1595 (fut député de la noblesse de Laon aux Etats généraux de 1614) ;

« 3° Jacques Duquesnay, seigneur de Varenne et demoiselle Marie Le Comte sa femme. »

L'adjudication eut lieu au profit de « noble homme » Claude Bonnot, conseiller du Roi, contrôleur général des Finances, qui demeurait déjà dans ladite maison et n'eut qu'une soulte à payer de deux mille six cents sols.

Claude Bonnot étant mort, il fut dressé le 17 avril 1651, par devant Mes Gageon et Cousinet, notaires, un acte de partage entre ses héritiers ;

1° Marie Bonnot, femme de messire Regnault, seigneur de Villesavin, vicomte d'Argeville, conseiller du Roi, en sa Chambre aux comptes ;

2° François Bonnot, conseiller du Roi au Parlement.

Ce partage comprenait une maison sise rue Saint-Médéric consistant en un corps de logis double (c'était à l'emplacement actuel des maisons portant les numéros 9 et 11, rue Saint-Merry) et la maison de la rue du Regnard.

La maison de la rue Saint-Merry resta aux époux Regnault de Villesavin.

François Bonnot conserva celle de la rue du Renard.

Ce dernier mourut l'année suivante. Il avait une fille unique qui, mariée à un sieur de Boyer, était morte en 1652, laissant cinq enfants : quatre fils et une fille. Car, de deux actes de vente passés l'un par Jean Debière et Pierre de Beaufort, l'autre par Ogier et Gigault, notaires, en date des 10 et 24 juin 1652, il résulte que les héritiers de François Bonnot dans la possession de la maison de la rue du Renard furent :

Anthoine de Boyer, chevalier, seigneur de Bersevilliers ;

François de Boyer, chevalier, seigneur d'Arablay ;

X. de Boyer, chevalier, seigneur du Plessis, conseiller et maistre d'hostel ordinaire du Roi,

François de Boyer, le jeune, bachelier en théologie ;

Dame Edme de Boyer, leur sœur, femme de Honoré-Anthoine de Brézé, capitaine et gouverneur, seigneur d'Aulnay, Crespy et Valensigny, demeurant audit Valensigny, bailliage de Chaumont.

Ils vendirent « la maison sise rue du Regnard, paroisse Saint-Médéricq, ayant porte-cochère sur la dite rue, tenant à droite sur M. Arnauld d'Andilly, à gauche à Mme de Tonnécharente et par derrière au sieur et dame de Villesavin, étant à la Censive du chapitre de Saint-Médéricq ».

L'acquisition fut faite par François de Mongobert, bourgeois de Paris, pour le compte des époux de Villesavin, moyennant le prix de 30,000 livres, dont 24,000 livres, les quatre cinquièmes, revenant aux quatre frères de Boyer représentés par Guillaume Bourdon, écuyer, sieur de Neufville, leur procureur et celui de Gaston d'Orléans au Parlement ; l'autre cinquième de 6,000 livres revenait à la dame E. de Boyer, femme d'Anthoine de Brézé, chevalier, seigneur de Valensigny.

La quittance des 24,000 livres fut délivrée le 8 août 1654.

Ainsi les époux Regnault de Villesavin, oncle et tante des enfants de Boyer; réunissaient à nouveau les maisons de la rue Saint-Merry et de la rue du Renard que possédait leur père Claude Bonnot.

En 1661, après la mort de Regnault de Villesavin, la maison de la rue du Regnard est vendue par son fils, Louis-Anne Aubert, seigneur de Villesavin, confesseur et aumônier du Roy, tant en son nom et comme procureur de dame Marie Bonnot sa mère, veuve de messire Regnault Aubert, seigneur de Villesavin, en son nom, et comme tutrice de demoiselle Marie-Anne Aubert.

Cette dernière épousa Claude Foucault, conseiller du roy en sa cour du Parlement, commissaire aux requêtes du Palais (1).

L'acquéreur est Jacques Pinette de Charmoy, conseiller du Roy, intendant général des maisons et des finances de défunt Monseigneur

---

1. Dubuisson-Aubenay. *Journal des Guerres civiles* de 1648 à 1652 (tome II, page 106), donne ainsi son opinion sur Claude Foucault : « Le prince de Condé et le coadjuteur ayant envahi le Parlement le 21 août 1651, avec des hommes à leur solde,

le duc d'Orléans. Le père de Jacques, Nicolas Pinette, demeurait rue Saint-Médéricq et avait été trésorier de Gaston d'Orléans (1). Félibien signale que ce prince « entra dans les pieuses intentions de son trésorier, en contribuant à la fondation de l'institution des Pères de l'Oratoire en 1650 » (2).

L'acte de vente donnait cette désignation : « Une grande maison sise à Paris, rue du Regnard, paroisse Saint-Médéricq, consistant en une grande cour avec entrée de porte cochère, un corps de logis au fond de ladite cour, de trois étages de haut, etc... Cette maison tenant, à gauche, à M. de Faverolles et à Mme de Tonné-Charente, par derrière, à M. le président Le Lièvre et, à droite, au jardin de M. Pomponne. »

Le prix de vente s'éleva à 39,166 livres.

Les Villesavin, ayant deux propriétés voisines, n'occupaient pas tout l'immeuble de la rue du Renard, ils avaient fait bail à M. de Fresnois, conseiller au Grand Conseil, en date du 1er juillet 1660, moyennant un loyer de 1,800 livres. Par un acte du 12 juillet 1661, M. de Charmoy, le nouveau propriétaire, déchargeait le sieur de Villesavin de toutes obligations envers M. de Fresnois.

Un acte du 14 décembre 1661, passé par-devant Me Caron, notaire porte une déclaration au sujet des droits de censive du chapitre de l'église Saint-Merry « sur la grande maison sise rue du Regnard, paroisse Saint Médéricq ». L'indication des voisins est la même que ci-dessus. Un plan est annexé à l'acte et porte que la propriété a 180 toises de superficie.

Il est reconnu, par cet acte du 14 décembre 1661, que « cette maison est de la censive justice et seigneurie de messieurs les vénérables *chefciers* et chanoines du chapitre de l'église collégiale Saint-Médéricq, de sept deniers parisis. »

---

le conseiller Claude Foucault *qui est un goinfre* a dit que, durant la guerre de Paris, on avait qui voulait de ces amis-là à quinze sols par tête tous les matins. »

« Le 20 mars 1652, le conseiller Foucault se dispute en plein Parlement avec le comte de Châteauvieux.

1. La Bibliothèque de l'Arsenal possède de nombreux papiers de la famille Pinette de Charmoy (Ms 6636) notamment plusieurs actes avec mention de Jacques Pinette seigneur de Charmoy, demeurant rue du Regnard, paroisse Saint-Médericq.

2. *Histoire de la ville de Paris*, par Félibien, p. 1288.

Le chapitre de l'église Saint-Merry se composait alors de deux chefciers, le curé et son coadjuteur, six chanoines et six chapelains.

Cette institution était ancienne, car plus de deux siècles avant, le 3o août 1435, les chefciers de Saint-Merry se plaignaient de la maigreur de leurs revenus, par suite des guerres et de la misère des temps (1).

Michel de Marolles, dans sa description de Paris en vers (1677, p. 122), dit :

> Deux sont à S* Merri qui servent par semaine,
> Et sont aussi curez, chose bizarre à voir,
> Pour se bien acquitter d'un fidelle devoir,
> Car de ce que l'un veut, l'autre le veut à peine.

Evidemment, sur deux chefs, il y en avait un en trop ; un des deux chefciers fut supprimé en 1683. Mais, comme la place était lucrative, le chefcier qui prit sa retraite ne le fit qu'à la condition de recevoir, du chapitre de Saint-Merry, une pension de trois mille six cents livres.

Jacques Pinette de Charmoy n'avait pas payé tout comptant le prix dé la maison de la rue du Renard. Ce fut cinq ans après, le 19 avril 1666, qu'il reçut la quittance, pour le solde de son acquisition, des mains de M* Launay, notaire, auquel il versa 8,666 livres, 11 sous, 8 deniers.

Le 8 mai 1701, par suite du décès de messire Jacques Pinette, seigneur de Charmoy, conseiller du Roy, maître ordinaire en sa Chambre des Comptes, secrétaire des commandements de feu S. A. R. Madame de Guise (il avait cessé d'être l'intendant de la maison d'Orléans), il y a partage entre ses trois filles :

1° Charlotte Pinette, épouse de messire Christophe de Bragelongue, chevalier, seigneur d'Ingenville, conseiller du Roy en sa cour du Parlement. Il fut, plus tard, conseiller de la Grand'chambre et mourut le 19 février 1721, à l'âge de 75 ans ;

2° Marie-Geneviève Pinette, épouse de messire Jean-Louis de Bullion, chevalier, comte de Fontenay, conseiller du Roy en sa cour du

---

1. *Archives Nationales*, LL 217, f° 265.

Parlement et commissaire au séquestre du Palais. Il fut, de plus, marquis de Courcy, conseiller de la Grand'chambre et mourut le 6 décembre 1736, à 85 ans. Sa femme était morte trois années après ce partage, le 1er mars 1704 ;

3° Thérèse Pinette, épouse de messire Lucas, chevalier, seigneur de Main, conseiller du Roy en sa cour du Parlement.

Comme on le voit, le beau-père et les trois gendres étaient tous conseillers du Roy.

La maison de la rue du Regnard fut adjugée à M. et Mme Lucas de Main. Elle tenait alors, à droite, à l'hôtel Pomponne ; à gauche, à M. Héron et par derrière, toujours au président Le Lièvre.

Les Lucas, seigneurs de Main, occupèrent cette propriété pendant une trentaine d'années.

Quelques auteurs de publications sur Paris, dont Lefeuve, ont prétendu que les Lucas de Main louèrent cet hôtel au duc d'Orléans, ou le mirent à sa disposition pendant quelque temps. Il n'y a aucune trace de ce fait dans les actes ni dans les mémoires de l'époque. Toutefois, les Lucas de Main n'occupaient, dans les derniers temps, qu'un bâtiment en aile. Le corps de bâtiment au fond était richement décoré avec tableaux, dessus de portes et ornements divers ; il y avait des écuries à droite et à gauche dans les constructions en aile, ce qui indiquait une habitation sinon princière, du moins seigneuriale. Quelle aventure galante aurait amené le Régent, ou son fils, de ce côté, dans ce milieu de magistrats ?

La dame Pinette de Charmoy, femme de Lucas, seigneur de Main, étant morte, la maison de la rue du Renard revint à ses deux filles, dans sa succession. Cet hôtel fut vendu par elles le 2 décembre 1730.

Le contrat de vente ne porte pas, comme les précédents, Lucas, seigneur de *Main* mais seigneur de *Demain* ; il stipule :

« Messire Antoine-Jean Lucas, chevalier, seigneur de Demain, conseiller du Roy, honoraire, en sa Grande Chambre du Parlement, demeurant à Paris, rue du Regnard, paroisse Saint-Merry (on ne dit plus Saint-Médéric) au nom et comme ayant pouvoir de :

« Messire François Legras, chevalier, seigneur de Lucas, conseiller du Roy, maître des requêtes ordinaires en son hôtel, et dame Marie-Françoise Lucas de Demain, son épouse ;

« Messire Jacques-François Mallet, chevalier, seigneur de Chante-
lou, conseiller du Roy en ses conseils, président de la Chambre des
comptes, et dame Françoise Lucas, son épouse ;

« Lesquels ont vendu, moyennant le prix de 46.000 livres, à :

« Jérôme Vialis, écuyer, avocat au Parlement, seigneur de Fran-
ville, conseiller secrétaire du Roy, maison et couronne de France,

« Une maison sise à Paris, rue du *Renard* (on ne met plus rue du
Regnard), paroisse Saint-Merry, consistant en cour, porte-cochère,
écuries à droite et à gauche, puits à droite, greniers et remises. Deux
corps de bâtiments, un à droite formant hôtel occupé par les Demain,
avec porte particulière sur la rue du Renard. Dans le grand bâtiment du fond, l'état des lieux mentionne des dessus de portes et
douze tableaux encastrés dans les chambranles et une longue description de salles décorées.

« Cette maison tenant à MM. de Blainville, Héron, Lelièvre et de
Pomponne. »

Vialis meurt. Par son testament, en date du 19 décembre 1742, il
donne et lègue sa propriété de la rue du Renard à ses neveu et
nièce :

Melchior-Philibert, baron de Chamousset, et Catherine-Philiberte
de Chamousset, veuve de François-Gabriel Chapuy, seigneur de la
Fay.

Les Chamousset étaient parents du philanthrope portant ce nom,
qui, maître des comptes, intendant général des hôpitaux militaires,
créa de nombreuses œuvres de bienfaisance et d'utilité, entre autres
les Compagnies d'assurances et la petite poste aux lettres (1717-1773).

Les Chamousset étant morts, leur succession fut recueillie, le
20 juillet 1770, par Marie-Madeleine Chapuy de la Fay, nièce de l'un
et fille de l'autre, laquelle vendit la propriété de la rue du Renard
le 3 avril 1785, moyennant le prix de 48.968 livres 16 sols à Anne-
Geneviève Mary, veuve de François Mathon, ancien peintre-doreur
en bâtiment.

Les propriétaires mitoyens étaient, du côté gauche, M. Dubreuil,
notaire, du côté droit l'hôtel Pomponne, appartenant à François
Richard, par derrière le marquis de la Grange, héritier de Le Lièvre

C'est à partir de ce moment que la propriété de la rue du Renard cesse d'être un hôtel particulier. Un an après son acquisition, la veuve Mathon, en 1786, fait surélever le bâtiment du fond et celui du côté droit pour en faire une maison de rapport.

La propriété portait à cette époque le n° 4 de la rue du Renard et mesurait 143 toises 15 pieds, au lieu des 180 toises constatées en 1661. C'est que, dans les ventes successives, depuis un siècle, il y avait eu quelques retranchements.

Le 18 brumaire, an II (31 juillet 1793), la propriété en question est cédée de nouveau. L'acte porte :

Anne-Geneviève Mary, veuve de François Mathon, demeurant à Paris, rue du Renard-Sainct-Merry (section de la Réunion), vend à François Boucher, négociant à Paris, et dame Denise-Louise-Antoinette Coqueret, son épouse, et à Jean-François Tardu, marchand quincaillier, et Marie-Thérèse Coqueret, son épouse, demeurant rue Saint-Martin (section des Arcis) :

Une maison à Paris, rue du Renard-Saint-Merry vis-à-vis la manufacture de chapeaux de A. Coquelin. Cette maison tenant du côté gauche aux héritiers de M. Dubreuil, notaire et à M. David, du côté droit à l'hôtel Pomponne (Richard) et par derrière « au citoyen Delagrange » ci-devant marquis de la Grange. Et ce, moyennant le prix de 120.000 livres.

L'acte porte une longue désignation des lieux dont nous détachons ce passage intéressant :

« …. Plus une petite *salle de comédie* dont l'entrée par la rue du Renard et la situation sous l'appartement qu'occupe actuellement la dite veuve Mathon. Le théâtre, les loges, décorations, banquettes, toilettes et autres objets généralement quelconques dépendant du dit théâtre et à son usage sans exception ni réserve. »

Ainsi se trouve décrit le lieu où était installée une petite salle où les amateurs venaient jouer la comédie. On en fit un spectacle public en 1792, sous le nom de Théâtre de la Concorde (1).

Il en est fait mention dans *les Chroniques des petits théâtres*, par Brazier, mais sans indication exacte de l'emplacement.

---

1. M. H. Welschinger dans son ouvrage : Le *Théâtre de la Révolution*, in-12, 1880. (Bibl. Nat. y. F° 12.151) dit que le Théâtre de la Concorde rue du Renard était aussi nommé *Théâtre de J.-J. Rousseau*.

La rue du Renard, en 1880. — Dessin de Trimolet.

Cette salle, d'ailleurs, était toute petite ; un plan annexé à l'acte nous permet de constater sa superficie, 200 mètres environ. Elle ne dura pas longtemps, car les acquéreurs de 1793, Boucher et Tardu, les deux beaux-frères, convertirent la salle de comédie en appartement.

A cette époque, la maison avait en outre comme locataire le citoyen Michel Granger, homme de loi.

Le 16 brumaire, an IV, la maison de la rue du Renard est vendue à Jean-Jacques Rivière, marchand de chevaux à la barrière d'Enfer, moyennant le prix de 180.000 livres.

A son décès, en 1825, les héritiers de Rivière mirent en vente, aux enchères, ladite propriété qui portait alors le n° 6 de la rue du Renard et avait comme voisins : à gauche, M. Brière d'Azy ; à droite, M. Laveissière.

Le 9 juillet 1825, l'adjudication eut lieu, moyennant le prix de 131.000 francs, au profit de deux frères : Pierre-Désiré et Jacques-François-Nicolas Pelpel, tous deux distillateurs associés demeurant rue Simon-le-Franc, n° 20.

Le 18 juin 1831, il y eut licitation entre les héritiers de Pierre Pelpel et François Pelpel. Ce dernier resta seul propriétaire. Il y vécut cinquante-six ans ; après y avoir exercé la profession de distillateur, il y demeura comme rentier et y mourut à l'âge de 102 ans.

Par suite de ce décès, son fils, Pierre-François-Eugène se rendit acquéreur de la maison de la rue du Renard, à la vente, en Chambre des notaires, le 25 février 1881 : c'est le propriétaire actuel.

Cette maison qui portait en 1806 le n° 6, eut plus tard le n° 10. Au cadastre de 1862, elle est inscrite pour une superficie de 518 m. 86 c.

En 1868, la rue de la Poterie-des-Arcis devenant le prolongement ds la rue du Renard, la propriété en question, prit le n° 34.

Lorsque les maisons dont nous venons de parler seront démolies, par suite de leur expropriation, il ne restera plus de la vieille rue du Renard qu'une ancienne maison, celle portant les n°⁵ 36, 38 et 40, à l'angle de la rue Saint-Merry, n° 13, depuis 1853 (ancien n° 15 de 1806 à 1852).

Cette dernière maison disparaîtra à son tour, elle sera en retrait de la voie nouvelle, et le propriétaire aura intérêt à construire en façade sur la rue du Renard, au nouvel alignement.

Cette propriété était, au XVIᵉ siècle, l'hôtel de la famille Mangot.

Claude Mangot de Loudun, célèbre avocat au Parlement de Paris, s'y installa en 1554 avec sa femme Geneviève Sevin, qu'il avait épousée en avril 1545. Il eut d'elle deux fils, Jacques et Claude.

Jacques Mangot qui naquit dans cette maison de la rue Saint-Merry le 5 mars 1550 (1) fut, comme son père, un avocat éloquent et devint avocat-général au Parlement de Paris. Il épousa, le 3 mai 1582, Marie du Moulinet. Le 2 octobre 1587, étant gravement malade, il fit son testament, en présence des notaires Nicolas Le Noir, Jean Lasson et Cathereau, dans sa demeure rue Saint-Merry, coin de la rue du Renard (2). Il mourut onze jours après, le 13 octobre, à l'âge de 36 ans, laissant une fille unique en bas âge, nommée Françoise, et qui hérita de la propriété,

Elle y fut élevée par sa mère et par son oncle Claude Mangot qui y habitait aussi. Françoise Mangot se maria le 24 février 1607 à Nicolas Rouault, seigneur puis marquis de Gamaches ; elle quitta la rue Saint-Merry pour suivre son mari dans une nouvelle demeure. Claude Mangot, son oncle, garda alors la propriété.

Claude Mangot, seigneur de Villeran, conseiller au Parlement en 1592, maître des requêtes en 1600, eut un moment la charge de secrétaire d'Etat à la Guerre, charge qu'il céda le 30 novembre 1616 à Armand du Plessis, qui fut plus tard le cardinal de Richelieu. Nommé Garde des sceaux, Mangot quitta ce ministère le 24 avril 1617, lors de la mort du maréchal d'Ancre, son protecteur, qui l'avait recommandé à Marie de Médicis. Il se retira en sa maison de la rue Saint-Merry, « dans laquelle il acheva le reste de ses jours en personne privée » (3). Claude Mangot avait, comme son père et son frère la

---

1. L'acte de baptême à la paroisse Saint-Merry qui indique la date de naissance de Jacques Mangot est le plus ancien des documents de cette nature que possèdent les *Archives de la Seine*, sous le n° 397.900.

2. Ce testament est aux manuscrits de la Bibliothèque nationale (Nouvelles acquisitions, collection Dupuy, vol. 81 fᵒˢ 163 et 164).

3. *Histoire des Chanceliers de France*, par François Duchesne (1680), p. 722.

réputation d'homme érudit, de grande capacité, d'une vie simple et probe.

Il avait épousé Marguerite Le Beau, dame de Villarceau, fille de Mathurin Le Beau, trésorier de la Marine. Ils eurent huit enfants, quatre garçons et quatre filles. Ce fut leur deuxième fille, Magdeleine, qui devint la propriétaire de la maison. Mlle Magdeleine Mangot dame d'Orgères, épousa en secondes noces, Aimé de Rochechouart, seigneur de Tonnay-Charente, marquis de Bonnivet ; elle mourut en mai 1662.

La propriété échut à son fils Jean-Claude de Rochechouart comte de Tonnay-Charente, seigneur d'Orgères. Il mourut, en janvier 1672, colonel du régiment de la Marine. Il avait épousé Marie Phélypeaux, fille de Louis, seigneur de la Vrillère, secrétaire d'Etat, prévôt et maître de cérémonies des ordres du roi. Ils laissèrent une fille unique qui hérita de la maison au décès de sa mère, le 14 février 1681. C'était Gabrielle de Rochechouart, dame de Tonnay-Charente, mariée le 25 juillet 1682, au quatrième fils du ministre Colbert, Jules-Armand Colbert, marquis de Blainville, qui fut grand-maître des cérémonies de France, lieutenant général des armées du roi, se distingua en défendant pendant deux mois la place de Kefuwert, fut blessé mortellement à Hochstel et mourut le 13 août 1704, laissant comme héritière une fille unique :

Marie-Magdeleine Colbert de Blainville, mariée le 26 mai 1706 à son cousin germain Jean-Baptiste de Rochechouart, comte puis duc de Mortemart, né le 25 novembre 1682, fut brigadier des armées du roi, mourut le 16 janvier 1757 à 75 ans, laissant un seul enfant, né en 1712, Jean-Victor de Rochechouart, marquis de Blainville et duc de Mortemart à la mort de son père en 1757. Marié trois fois, il eut de nombreux enfants. Il ne restait de son dernier mariage que quatre fils, dont l'aîné, Viturnien-Jean-Baptiste-Marie de Rochechouart, duc de Mortemart, né le 8 février 1752, fut général, député aux Etats généraux de 1789, émigra pendant la Révolution et mourut à Paris le 4 juillet 1812.

Au décès de la dernière dame de Blainville, duchesse de Mortemart, la propriété appartint à ses quatre enfants, fut mise en vente et achetée par un notaire qui y installa son étude, Me Dubreuil.

4°

Plan de la Censive du chapitre de Saint-Merry, en 1786.

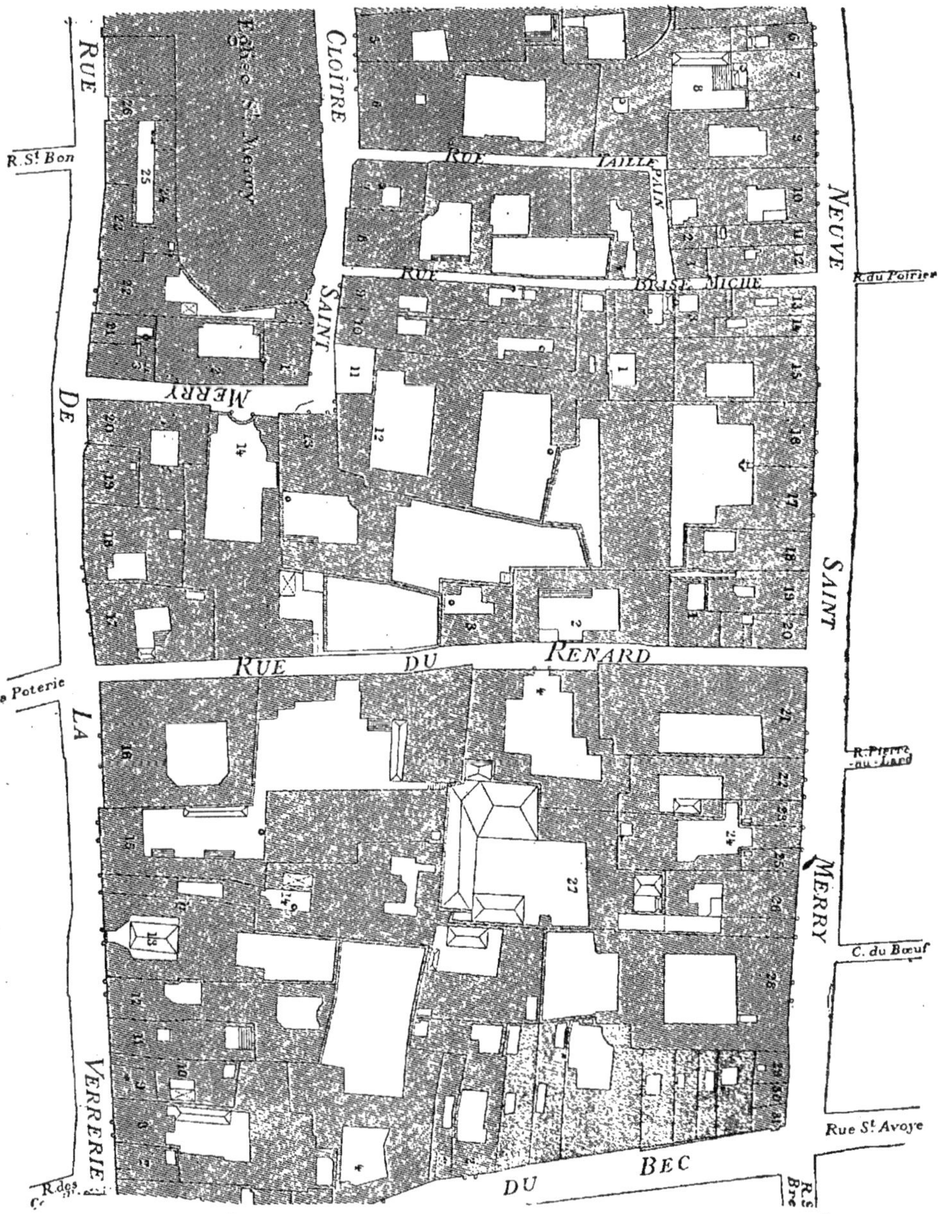

Maisons donnant sur la rue du Renard :
Rue de la Verrerie, n° 15 hôtel de Pomponne, n° 16 comte Crillon, n° 17 M. de Rince.
Rue du Renard, n° 1 Norblin, n° 2 duc de la Trémoille, n° 3 Gillard, n° 4 Vve Mathon.
Rue Neuve Saint-Merry, n° 20 Norblin, n° 21 Dubreuil.

La propriété était restée dans la famille pendant deux siècles.

Le Terrier du Roi indiquait cette maison comme appartenant à la marquise de Blainville vers 1728, portant le n° 8, rue du Regnard, et le n° 28, rue Saint-Médéric. Le plan du fief de Saint-Merry, en 1786 donne le n° 21, rue Saint-Merry, et le livre du Terrier porte en marge cette mention, datée de 1787 : « Dubreuil, ancien notaire, est détenu prisonnier au Châtelet de Paris, sa maison a la charge de 6 deniers parisis à la Saint-Remy, 8 parisis de rente foncière non rachetable : en outre, elle est chargée envers le chapitre de Saint-Merry de 4ˡ 10 tournois de rente foncière non rachetable ; le tout payable à Pâques. » L'immeuble avait alors une contenance de 153 toises, 18 pieds.

Dubreuil avait cédé sa charge en 1784 à Gibert Delisle, qui continua à avoir son étude dans cette maison.

A cette époque le médecin Macquart, docteur-régent de la Faculté de Paris, y demeurait aussi et avait installé un cabinet d'histoire naturelle, comme c'était la mode chez quelques savants à la fin du xviiiᵉ siècle.

En 1789, il y a comme locataire, un commissaire-priseur, M. Bernard.

Après Dubreuil, les propriétaires furent Claude Cousin et dame Adrienne Jandon, sa femme.

En 1804, il y avait dans cette maison, comme locataire, une Caisse de placements en viager, un avoué, M. Crivanech, etc.

Après les époux Cousin, la propriétaire fut Angélique de Varennes, veuve en premières noces de M. de Lonchamps, et, en secondes noces, de M. Mabire, décédée le 2 août 1815, laissant pour héritières deux filles :

1° Alexandrine de Longchamps, épouse de Jacques-Michel-Léonor Brière d'Azy, demeurant dans la propriété, rue Saint-Merry ;

2° Catherine Mabire, veuve Lacoste.

Au décès, le 2 août 1841, d'Alexandrine de Lonchamps, femme Brière d'Azy, il y eut licitation, puis la propriété fut mise en adjudication à l'audience des criées du département de la Seine, le 17 août 1842, à la requête de ses deux filles :

1° Léontine-Rose-Amélie Brière d'Azy, femme de Anne-René-Emmanuel, vicomte Benoist (1);

2° Caroline-Léonie Brière de Montaudin et de sa sœur Ange-Catherine Mabire, veuve de Etienne-Charles-Louis Lacoste.

L'adjudicataire, en 1842, fut Mme Marie-Emilie Popot, veuve de Michel Clolus, moyennant le prix de 153.500 francs.

M. Popot eut son moment de notoriété, il créa dans Paris un certain nombre d'établissements de bains, dont le besoin se faisait sentir sous Louis-Philippe ; la plupart étaient au milieu de jardins, avec quelque recherche dans la construction. Il reste quelques spécimens de leur architecture, rue du Temple, rue de Rivoli, sur la place de l'Hôtel-de-Ville, rue Racine, etc.

Depuis 1842, la propriété est restée dans la même famille. Après M. Auguste Froment (1857), le propriétaire actuel est M. Louis Adrian, le grand fabricant de produits pharmaceutiques.

Le cadastre indique que cette maison a 687 mètres de superficie.

Les anciennes maisons existant encore, dont nous venons d'esquisser l'historique, ont conservé une partie de leur état d'origine remontant au milieu du xvie siècle.

Celle de la rue de la Verrerie, n° 60, a eu sa façade entièrement refaite d'un style pur Louis XVI, avec cinq ouvertures en arcades au rez-de-chaussée, dont celle du milieu à porte cochère, deux hauts étages à cinq fenêtres, avec, au premier, dominant la porte, un balcon en fer forgé soutenu par des consoles sculptées.

Cette maison a été surélevée plus récemment d'un troisième étage sans caractère ; sa façade, sobre d'ornements, présente un ensemble de lignes régulières et bien proportionnées.

De l'hôtel Pomponne, il ne reste que quelques anciens murs.

La maison du n° 34, rue du Renard, a bien sa forme primitive de la fin du xvie siècle ; mais les constructions en surélévation ont

---

1. Les Benoist d'Azy ont eu une certaine notoriété dans les assemblées législatives et ont été surtout des notabilités de la finance, comme administrateurs de compagnies de chemins de fer et de grandes sociétés de crédit.

alourdi l'ancien hôtel. La porte cochère a conservé le caractère de l'époque.

L'immeuble au coin de la rue Saint-Merry a encore un certain air de grandeur avec son escalier spacieux à rampe ancienne, ses deux étages fort élevés avec de hautes fenêtres, et sa grande porte imposante.

Ces vieilles maisons nous intéressent surtout à cause des personnages qui y ont demeuré. La rue du Renard fut, pendant deux siècles, le centre des hôtels de magistrats, conseillers et présidents au Parlement, de nobles seigneurs ayant rempli quelques hautes fonctions et joué un rôle plus ou moins important dans l'histoire.

Ces maisons vont disparaître, le nom même de la rue du Renard sera probablement effacé, quand la grande voie en cours d'exécution remplacera la petite rue.

Il ne restera bientôt plus que le souvenir de la rue, des maisons et de leurs anciens et éminents habitants.

Georges Hartmann

INDEX ALPHABÉTIQUE

Dès noms cités de propriétaires et d'habitants rue du Renard.

Imp. BONVALOT-JOUVE, 15, rue Racine, Paris,

www.ingramcontent.com/pod-product-compliance
Ingram Content Group UK Ltd.
Pitfield, Milton Keynes, MK11 3LW, UK
UKHW022139070726
13613UKWH00003B/1386